LES SIX DEGRÉS DU DÉSIR
de Marc Fisher
est le cent dix-huitième ouvrage
publié chez
LANCTÔT ÉDITEUR.

LES SIX DEGRÉS DU DÉSIR

du même auteur

LE PSYCHIATRE, Québec/Amérique, 1995
LE GOLFEUR ET LE MILLIONNAIRE, Québec/Amérique, 1996
LE LIVRE DE MA FEMME, Québec/Amérique, 1997
LE MILLIONNAIRE, Québec/Amérique, 1997
LES HOMMES DU ZOO, Québec/Amérique, 1998
LE CADEAU DU MILLIONNAIRE, Québec/Amérique, 1998
L'HOMME QUI NE POUVAIT VIVRE SANS SA FILLE, Libre expression, 1999

Marc Fisher

LES SIX DEGRÉS DU DÉSIR

roman

LANCTÔT
ÉDITEUR

LANCTÔT ÉDITEUR
1660A, avenue Ducharme
Outremont, Québec
H2V 1G7
Tél. : (514) 270.6303
Téléc. : (514) 273.9608
Adresse électronique : lanedit@total.net
Site Internet : www.lanctotediteur.qc.ca

Photo de la couverture :
Dominique Thibodeau, mention spéciale dans *Applied Arts Howards Annual* 2000

Maquette de la couverture :
Stéphane Gaulin

Mise en pages :
Folio infographie

Distribution :
Prologue
Tél. : (450) 434.0306/1.800.363.2864
Téléc. : (450) 434.2627/1.800.361.8088

Distribution en Europe :
Librairie du Québec
30, rue Gay-Lussac
75005 Paris
France
Téléc. : 43.54.39.15

Nous remercions le Conseil des Arts du Canada et le ministère du Patrimoine canadien de l'aide accordée à notre programme de publication. Nous remercions également la SODEC, du ministère de la Culture et des Communications du Québec, de son soutien.

© LANCTÔT ÉDITEUR et Marc Fisher, 2000
Dépôt légal – 1er trimestre 2000
Bibliothèque nationale du Québec
ISBN 2-89485-110-3

À Normand de B. qui, à son insu — et en partie
seulement bien entendu —, m'a inspiré ce roman.

Journal de Lisa

9 juin 1999

Maman ne changera donc jamais.

Pas une semaine ne se passe sans qu'elle ne me pose la même question :

« Et puis, Lisa, as-tu finalement rencontré quelqu'un ? »

Finalement...

Comme si, depuis des siècles, je ne faisais que tenter de rencontrer quelqu'un !

Chaque fois que je lui réponds non, j'ai l'impression que je la déçois, que je l'attriste profondément. Et puis, c'est absurde, mais je me sens coupable, comme si j'avais commis quelque faute, comme si mon « incurie » amoureuse mettait en cause la qualité de l'éducation qu'elle m'a prodiguée. Et pourtant, vu les circonstances — son douloureux divorce d'avec papa qui est survenu lorsque j'étais encore enfant, et qui l'a presque laissée dans la mendicité —, elle a été une mère parfaite.

Hier, elle m'a invitée à déjeuner. J'étais débordée à la maison d'édition. À la demande de papa, je devais lire, pour le surlendemain, un manuscrit de cinq cents pages composé de phrases de cent cinquante mots. J'ai beau être fraîchement diplômée de l'université en littérature française, je ne comprends pas une phrase sur deux : il faudrait peut-être que je m'inscrive à la maîtrise !

J'ai de la difficulté à dire non à maman, qui a toujours été là quand j'avais besoin d'elle. Alors j'ai dit oui, mais à la condition qu'elle ne me demande pas si j'ai finalement rencontré quelqu'un. Elle était d'accord. Et elle a proposé Chez Lévesque pour que je perde moins de temps vu que j'étais pressée. J'ai été touchée par l'attention et j'ai pensé que c'était une manière pour elle de tomber par hasard sur papa, qui mange souvent là, sans qu'il puisse l'accuser de courir après lui.

Après plus de quinze ans de séparation, et malgré tout ce qu'il a pu lui faire endurer pendant qu'ils étaient mariés, je soupçonne maman d'être encore amoureuse de papa. Oui, la pauvre grande romantique, telle une Don Quichotte de l'amour, est restée une adolescente malgré ses quarante ans passés, comme si un jour mon père se métamorphoserait en l'homme qu'il n'a jamais été ailleurs que dans ses rêves (à elle !) et qu'il lui reviendrait repentant en lui disant qu'il s'excuse, qu'il a fait une (je suis indulgente !) erreur, qu'il veut tout recommencer.

Elle ne me l'avouera jamais, de crainte que je l'engueule, parce qu'elle est comme une paumée qui est persuadée de pouvoir faire fortune en achetant religieusement des billets de loto toutes les semaines : elle souffre de somnambulisme amoureux.

Je le vois dans ses yeux lorsqu'elle parle de lui, même si c'est pour en dire des choses pas très jolies, quand elle a un peu trop bu, parce qu'elle est portée sur le bordeaux, c'est son seul défaut...

Maman avait juré craché de ne pas me parler de ma vie amoureuse qui l'inquiète tant et, pourtant, il n'y avait pas cinq minutes que nous étions attablées qu'elle m'a dit :

« Lisa, je ne te comprends pas... Tu es belle, tu es jeune, tu as tout pour toi, et pourtant tu t'obstines à rester seule.

— Maman, tu avais promis que tu ne me demanderais pas si j'ai finalement rencontré quelqu'un !

— Moi, à ton âge...

— Oui, je sais, maman, tu me l'as dit cent fois, à mon âge tu étais déjà mariée, tu étais enceinte de moi... »

Et j'ai envie d'ajouter qu'elle avait abandonné ses études — brillantes — et que ce sacrifice n'a pas empêché papa de la quitter parce qu'il avait fait une erreur en se mariant trop jeune... (Il avait à peine vingt ans !) Mais je ne le dis pas. Parce qu'elle le sait déjà. Ça lui ferait trop de peine de se l'entendre redire, surtout par sa fille unique.

Pauvre maman, elle est si belle, d'allure encore si jeune, malgré ses quarante-deux ans. Moi, je lui en donnerais à peine trente-sept ou trente-huit. Souvent, je trouve qu'elle a l'air d'une petite fille, avec son visage très rond, pas ridé du tout, et ses yeux bleus dans lesquels brille encore une sorte de naïveté, d'enthousiasme, lorsqu'elle ne pense pas trop longtemps à papa, parce qu'alors ça se gâche.

Bien que quadragénaire, elle n'a pas un seul cheveu blanc. Et je sais qu'elle ne se teint pas les cheveux, parce qu'elle me dit tout, dans l'espoir sans doute que je lui dise tout, moi aussi.

Maman avale une grande gorgée de vin rouge, puis prend du bout des dents une bouchée de la salade du chef qu'elle a commandée... sans vinaigrette, sans avocat, sans noix de Grenoble et sans gruyère ! Elle n'a pas voulu suivre ma suggestion de prendre une simple salade verte (deux fois moins chère !) parce qu'il faut qu'elle mange quelque chose de nourrissant et moi aussi. Elle prétend

me donner le bon exemple en toute chose! Elle croit
que je suis dupe. Elle mange comme un oiseau, obsédée
par la peur de prendre un kilo. Il faut dire qu'elle a
conservé sa taille de jeune fille.

Quand papa est parti, elle a perdu l'appétit pendant
trois ans, alors ça lui a fait des réserves de minceur! C'est
elle qui me l'a dit, moi j'étais trop jeune à l'époque.
Elle revient à la charge, malgré mon agacement:

«Tu penses encore à Louis, c'est ça?

— Non, maman, je ne pense plus à Louis. C'est
mort et enterré.

— Mais peut-être que tu ne veux rencontrer personne parce que tu as peur de rencontrer un autre
homme comme lui: chat échaudé craint l'eau froide.

— Ce n'est pas ça, Bribri...»

Elle s'appelle Brigitte, mais moi je dis Bribri.

«C'est quoi alors?

— Ça ne se rencontre pas comme ça, un mec bien,
maman. J'aime mieux rester seule plutôt que de perdre
mon temps avec un idiot qui va coucher avec moi pendant trois mois puis qui va me dire qu'il n'est pas certain
qu'il m'aime et qu'il a besoin de réfléchir avant de s'en-
gager... Et puis, je suis bien, seule, maman...

— Vois-tu, tu l'admets, tu es bien seule!

— Non, maman, je suis bien, seule, avec une virgule,
maman.

— Oh! avec ou sans virgule, il reste qu'une femme
n'est pas faite pour vivre seule!

— Tu vis bien seule, toi.

— Moi, c'est autre chose. J'ai quarante-deux ans. Tu
es jeune, toi!

— Justement, j'ai le temps, j'en profite. C'est même
à mon avis une très bonne idée d'apprendre d'abord à
vivre seule. Ensuite, si ça va mal avec son homme, on

n'est pas désemparée, on n'a pas envie de se jeter en bas d'un pont.»

Ma mère demeure sceptique, hoche la tête, plisse les lèvres, et ses yeux si beaux se voilent un peu, il me semble. Elle vide son verre de vin, le remplit avant que le garçon n'ait le temps de le faire. Je voulais prendre le vin au verre, parce que je ne bois pas beaucoup le midi, mais lorsque ma mère a vu le prix du bordeaux qui l'intéressait, huit dollars le verre, elle a dit : «C'est bien trop cher.» Et elle a pris une bouteille qui coûtait trente-deux dollars! Curieuse logique.

Une pause et je reprends :

«Ce n'est pas si dramatique, maman, tu sais, de vivre seule. Et puis il y a des avantages. Je n'ai de comptes à rendre à personne, je ne suis pas obligée de regarder le hockey, le samedi soir, ou le golf, le dimanche; je peux rentrer à l'heure que je veux, je peux voir mes copines quand ça me plaît, je n'ai pas à ramasser les chaussettes sales de personne sauf les miennes.

— Dans la vie, il ne faut pas juste penser à soi, tu sais, Lisa, c'est très mauvais parce que ça finit par rendre égoïste et on se retrouve tout seul...»

J'ai envie de lui répliquer que je ne vois pas comment la cueillette quotidienne (pas toujours quotidienne, d'ailleurs, parce que Louis, le dégoûtant, gardait parfois les mêmes pendant une semaine!) oui, donc la cueillette des chaussettes et des slips de son homme peut être formatrice pour le caractère, mais je renonce parce que je vois que ça ne mènerait nulle part. Alors j'ai une idée :

«Écoute, maman, quatre-vingt-dix pour cent des types bien sont déjà pris, et dans le dix pour cent qui reste, sais-tu ce qu'il y a?

— Non, mais j'ai l'impression que je vais bientôt le savoir...

— Oui, eh bien, premièrement, il y a ceux qui sont seuls parce qu'ils n'ont pas le choix : aucune fille ne veut d'eux, sauf les mères Teresa de l'amour. Je n'en suis pas encore là. Ensuite, il y a ceux qui se cherchent une deuxième mère pour leur faire les bons petits repas que leur maman adorée ne peut plus leur faire, et si la recette n'est pas exactement comme celle de maman, il te la font recommencer : très valorisant et surtout très érotique. Il y a les chômeurs chroniques qui ont déjà travaillé, un été, en 1994, et qui ne sont pas prêts à se prostituer, à accepter n'importe quoi, parce qu'ils ont une maîtrise en sociologie : mais, par exemple, ils sont prêts à se faire entretenir par la première poire qui va s'apitoyer sur leur sort. Puis il y a les coureurs de jupon, les faux romantiques qui te montent un bateau pour pouvoir te monter et ensuite qui prennent le large avec la première ou le premier venu, parce qu'il y en a en plus qui sont à voile et à vapeur : j'ai déjà donné avec Louis.

— Il était aux deux ? demande ma mère affolée par cette révélation inattendue.

— Non, il n'était pas aux deux, il était à toutes les femmes qui voulaient coucher avec lui, et il n'était pas difficile : je m'en suis rendu compte quand je l'ai forcé à passer aux aveux en le menaçant de jeter par la fenêtre son portable adoré de huit mille dollars. Heureusement, maintenant, les séducteurs à la manque, je suis capable de les repérer à dix kilomètres. Remarque, ça ne prend pas le quotient d'Einstein pour les démasquer. Ils ont le nez dans le soutien-gorge de la serveuse le premier soir qu'ils t'invitent au restaurant et, si tu ne les remercie pas de leurs largesses en couchant tout de suite après avec eux, tu ne les revois jamais. Est-ce que tu veux que je continue ?

— Tant qu'à y être... dit ma mère éberluée. »

Elle a laissé tomber sa fourchette et semble avoir perdu le peu d'appétit qu'elle avait déjà : ce qui ne l'empêche pas d'avoir soif, et de boire à petites gorgées rapides ce bordeaux qu'elle trouve long en bouche.

« Eh bien, il y a ensuite les alcooliques, les drogués, les névrosés : je sais qu'on est tous névrosés, mais j'ai pour principe de ne pas coucher avec quelqu'un qui a plus de problèmes que moi, c'est déjà assez difficile de se comprendre soi-même. Puis, évidemment, il y a les gais qui s'ignorent ou qui font semblant de ne pas l'être pour ne pas faire de peine à leur papa et qui se trouvent toutes sortes de raisons pour ne pas coucher avec toi. Au début, tu es flattée, tu te dis : il n'est pas avec moi juste pour mon cul, et puis tu te rends compte qu'en effet il ne sort vraiment pas avec toi pour ton cul, parce que, excuse-moi d'être vulgaire, c'est le cul des hommes qui l'intéresse... »

Je me suis encore laissée emporter et maman me regarde, interdite. Je conclus :

« Et puis, enfin, il reste l'infime minorité de ceux qui sont bien et qui sont libres, mais là, aussi bien chercher une aiguille dans une botte de foin. »

Ma mère a l'air découragée, et je me dis qu'il faut quand même que je fasse quelque chose, et rapidement. Le temps passe, et je dois retourner à la maison d'édition. Et puis maman va se faire de la bile en pensant que je ne crois vraiment plus en l'amour.

« Écoute, maman, si ça peut te rassurer, je ne suis pas plus folle qu'une autre, moi aussi je rêve du grand amour, mais je n'ai pas seulement ça à faire pour le moment. Je suis vraiment débordée au bureau. Mais je vais te faire une promesse : dès que je rencontre la bonne personne, je fais tout mon possible pour tomber amoureuse. »

Je n'aurais pas dû dire ça.

« Là, tu me fais plaisir, ma petite Lisa, vraiment plaisir, parce que j'ai justement quelqu'un à te présenter. Quelqu'un qui est vraiment parfait pour toi.

— Comme les fois précédentes ?

— Non, vraiment parfait. Tu aurais voulu l'imaginer plus parfait, tu n'aurais pas pu. C'est le fils d'une grande amie. Il est brillant, beau, il vient juste de terminer son cours en finances, et il a tout de suite été engagé dans un grand bureau de courtage. »

Je me sens piégée, comme si toute la conversation que je viens d'avoir avec ma mère n'avait eu pour elle qu'un but : me conduire à ce point (d'exaspération) où, pour lui faire plaisir, pour la contenter, je m'avouerais prête à toutes les compromissions.

« Si je comprends bien, maman, tu m'as invitée à déjeuner juste pour arranger une rencontre avec le fils de ta grande amie.

— Pas du tout, pas du tout, nie énergiquement ma mère. C'est venu comme ça, dans la conversation, je ne sais d'ailleurs pas comment... »

J'hésite, je ne suis pas sûre de la croire, ç'a l'air tellement cousu de fil blanc.

« Et il a l'air de quoi, le fils de ta grande amie ?

— Un Apollon ! Tiens, regarde ! »

Et elle s'empresse de tirer de son sac une photo de la supposée merveille, sans se rendre compte qu'elle vient de se trahir.

Je la regarde d'abord avec un petit sourire, puis je regarde le cliché. C'est vrai qu'il n'est pas mal, avec ses yeux bleus intelligents et sensibles, ses cheveux blonds très courts, son menton volontaire, et un sourire conquérant, oui, il est même très bien. Peut-être trop bien même. Je ne sais pas pourquoi, j'ai tendance à me méfier des hommes trop beaux. Ils sont déjà assez infidèles lorsqu'ils sont moyennement beaux, alors lorsqu'ils le sont trop, ce n'est pas du gâteau de les tenir en laisse : même ta meilleure amie veut coucher avec lui.

« Qu'est-ce que tu en penses ? me demande ma mère avec inquiétude.

— J'en pense que c'est surprenant qu'il soit libre.

— Puisque je te le dis.

— Et qu'est-ce qui te fait croire que je vais lui plaire ?

— Il a vu ta photo, il te trouve sublime. »

Décidément, elle n'a omis aucun détail.

« Bon, d'accord, pour te faire plaisir, tu peux lui donner mon numéro de téléphone, mais au bureau, pas à la maison parce que s'il ne me plaît pas, je ne veux pas qu'il me relance pendant des mois.

— Ce n'est pas la peine, dit ma mère, tout est arrangé. Il t'invite à dîner demain soir, chez Buona Notte. Tu n'as qu'à être là à sept heures pile. Sa mère m'a dit qu'il est un maniaque de la ponctualité alors n'arrive pas en retard : tu sais qu'on n'a jamais une deuxième chance de faire une première bonne impression. »

Le lendemain, plus parce que j'avais donné ma parole que par véritable curiosité, je me suis rendue chez Buona Notte rencontrer Philippe, la prétendue perle rare. Pour ne pas contrarier monsieur, je suis arrivée à sept heures pile comme promis à maman. Lui, à sept heures et demie, il était toujours invisible, et je commençais à le trouver mufle et à me trouver stupide quand il a finalement fait son apparition.

Je le trouvais bien en photo, mais je dois dire que la photo ne lui rendait pas justice : en personne il est vraiment très bien. En tout cas physiquement. Non seulement il est blond aux yeux bleus, mais il est grand. Oui, genre Brad Pitt. Vraiment bien. Pour le caractère, c'est une autre paire de manches. Premièrement, il ne s'est même pas excusé d'être arrivé une demi-heure en retard, comme si ce n'était pas grave, comme si tout lui était permis, et j'en étais si étonnée que j'étais sans voix. Ça n'a d'ailleurs pas eu l'air de le déranger, parce qu'il avait mille choses à me dire.

À son sujet, bien entendu.

Il m'a expliqué que sa carrière démarrait vraiment d'une manière prodigieuse, qu'en un mois à peine, il gérait déjà un portefeuille de plus d'un million de dollars. Il m'a aussi expliqué que son but était de prendre sa retraite à quarante ans et que, s'il mettait le maximum d'argent dans son reer chaque année, dans quinze ans — il a vingt-cinq ans — il aurait déjà plus d'un million en banque. Ce million viendrait s'ajouter aux cinq millions qu'il aurait économisés avec ses commissions. Sans compter qu'à ce moment-là, bien entendu, sa maison serait déjà complètement payée parce qu'il avait l'intention de prendre une hypothèque de quinze ans au lieu de vingt-cinq ans et, en plus, il ferait des paiements hebdomadaires au lieu de mensuels parce qu'il avait calculé qu'il pouvait économiser jusqu'à vingt-sept pour cent d'intérêt.

« Qu'est-ce que tu en penses ? m'a-t-il demandé à la fin de son exposé d'une heure.

— Fascinant ! ai-je dit en dissimulant un cinquième bâillement qu'il n'a même pas remarqué tant je l'intéresse.

— Ah, je suis content que tu comprennes. La plupart des femmes ne comprennent rien aux chiffres. On est vraiment faits pour s'entendre, nous deux. »

En plus d'être un génie des chiffres, il doit être fin psychologue pour avoir deviné nos affinités électives : c'est à peu près le premier mot que j'ai réussi à placer dans la conversation. Maman avait déclaré qu'il me trouvait sublime — en tout cas en photo — mais il fallait le savoir. Durant la première heure, il n'a pas dit un mot au sujet de ma petite personne. J'ai vite compris que ce ne serait pas le grand amour et quand il s'est levé pour aller aux toilettes, j'ai tout de suite demandé à la serveuse de me rapporter la carte des vins, et j'ai commandé illico un vin italien qui a un vrai nom chinois, un nom barbare devrais-je dire, parce qu'il s'appelle Barbaresco Darmagi. Je ne le connais pas, et je ne suis d'ailleurs pas très portée à boire des vins italiens, mais si je l'ai choisi, c'est que c'était le premier de la liste des vins du Piémont et sur-tout... qu'il coûtait trois cent cinquante dollars! Il va se souvenir de moi — ou de l'addition — l'homme qui ne pense qu'à lui.

Ensuite j'ai demandé à la serveuse ravie (*because* son pourboire) de nous apporter tout de suite le Barbaresco et de nous le servir en vitesse sans nous faire vérifier l'étiquette et tout le tralala parce que je voulais faire une surprise à mon fiancé. Puis je me suis levée en lui expliquant que je devais téléphoner à ma mère.

Ensuite, du trottoir, j'ai observé la scène par la grande vitrine du restaurant. Lorsque le poétique cour-tier est revenu des toilettes, le Barbaresco hors de prix était déjà servi. Il a bu une gorgée, a paru ravi, la ser-veuse lui a expliqué que c'était un cadeau de ma part, il a bu encore et moi, je suis partie. J'ai juste regretté de ne pas attendre qu'il reçoive l'addition : tu déduiras ça de ton merveilleux plan quinquennal, mon coco!

Quand je suis rentrée à la maison, le téléphone son-nait. Au moment de décrocher — machinalement —, j'ai regretté. J'ai pensé : maman a peut-être donné mon numéro de téléphone au courtier et maintenant il veut des explications ou m'intenter une poursuite... Mais non, c'était seulement maman. Elle a paru surprise que je sois rentrée avant neuf heures. Moi, j'étais étonnée qu'elle m'appelle. Elle m'a expliqué :

« Je voulais seulement te laisser un message pour être sûre que tu me rappelles même si tu rentrais aux petites heures du matin. Allez, raconte !

— Désolée, maman, il n'y a rien à raconter.

— Ah ! bon, j'aurais cru pourtant... dit-elle tristement. »

J'aimerais, pour pouvoir la consoler, lui dire mon secret.

Mais je ne peux pas.

Parce que si je le lui dis, elle va mourir d'inquiétude.

Et elle va finir tôt ou tard par le dire à papa, et alors, lui, il va me tuer.

Parce que l'homme que j'aime, l'homme qui est mon amant, c'est son patron — et le mien, parce que je travaille dans la même boîte —, il s'appelle Jean-Jacques Le Gardeur, et il a dix-sept ans de plus que moi.

Et, comme si ça ne suffisait pas, il est marié...

11 juin

Aujourd'hui, au bureau, un appel surprenant.

Philippe, le courtier que j'ai laissé en plan au restaurant.

Je suis embarrassée évidemment. Je n'aurais jamais cru qu'il me rappellerait. Pas après le coup du vin à trois cent cinquante mille dollars.

« Oh, je suis content de voir que tu es encore en vie... Après ton départ l'autre soir, je me suis fait du mauvais sang, je me demandais ce qui avait pu t'arriver...

— Oh, excuse-moi, j'ai... j'ai téléphoné à ma mère pendant que tu étais aux toilettes, et elle ne se sentait pas bien. Je suis partie en vitesse. La serveuse ne t'a pas fait le message ?

— Non, elle m'a parlé d'un truc d'anniversaire, pour la bouteille de vin... Excellente d'ailleurs...

— Ah, je suis désolée... je... Écoute, je ne peux pas te parler très longtemps, je suis au travail et mon patron est très strict pour les appels personnels...

— Je comprends, je ne te retiendrai pas longtemps, je voulais juste te demander si tu étais libre samedi soir prochain, j'ai des billets pour un spectacle de Daniel Lemire, et j'avais pensé que peut-être ça t'intéresserait...

— Non, vraiment désolée, ce samedi, je ne suis pas libre. Peut-être une autre fois...

— Bon, je te rappelle... »

J'ai raccroché. J'étais un peu étonnée. Je ne pensais pas, mais alors là vraiment pas qu'il me rappellerait un jour. Je dois admettre qu'il a une certaine classe. Il ne m'a même pas parlé du prix exorbitant de la bouteille.

14 juin, jeudi, neuf heures du soir

J'AVAIS TOUT PRÉPARÉ. Une entrée de saumon, un tartare, une salade d'endives, des fromages fins, deux bouteilles d'Opus I qui m'ont coûté les yeux de la tête. J'avais même craqué devant la vitrine de la boutique Soupir, où l'on vend de la lingerie qui fait rêver les hommes, et les femmes qui rêvent de faire rêver leur homme, qui dort trop souvent à côté d'elles !

Ce n'est pas le genre de Jean-Jacques qui, lui, est infatigable, même qu'à la fin il pourrait parfois s'endormir et je ne dirais rien parce que je ne sens plus mon corps. J'ai du plaisir à imaginer sa surprise lorsqu'il poussera la porte de l'appartement, que je laisserai déverrouillée, et me verra vêtue d'un simple slip de dentelle noire et d'un soutien-gorge transparent...

À mon arrivée chez moi, j'ai fait le compte de mes achats et j'ai vu qu'il y en avait pour plus de trois cents dollars. J'ai eu un petit mouvement de remords, parce que ça représente plus que ce qu'il me reste sur ma paie après que ceux qui s'occupent de notre bien m'ont tout enlevé...

Mais, ensuite, je me suis dit que de toute manière les sous-vêtements vont me rester quoique, la deuxième fois, ça fait moins d'effet, même que je risque de me faire dire habille-toi, tu vas prendre froid ! Mais j'ai pensé, c'est pour Jean-Jacques, je ne peux pas lésiner avec lui...

À sept heures pile, le téléphone a sonné, et j'ai pensé quel homme adorable, quel homme parfait — mis à part son statut d'homme marié ! — il est ponctuel en plus d'être drôle, et virtuose au lit... Ne le faisons pas attendre dans le vestibule d'où il m'appelle pour que je lui ouvre ! Je me suis levée d'un bond et j'ai répondu. Il a dit :

« J'ai un empêchement, je ne pourrai pas venir.

— Ah, dis-je, incapable de dissimuler ma déception.

— Je suis en ce moment au bureau de mon avocat. Imagine-toi donc que je viens de recevoir une mise en demeure de notre auteur le plus populaire qui nous poursuit pour trois cent cinquante mille dollars parce qu'il prétend que nous n'avions pas le droit de vendre son livre en France. Or c'est écrit noir sur blanc dans son contrat. Et le pire, c'est que je lui ai versé plus de trois cent mille dollars de droits.

— Mais qu'est-ce que tu vas faire?

— Je ne sais pas. Nous allons nous battre. Je ne peux pas me permettre de lui verser pareille somme surtout qu'actuellement... »

Il allait sans doute dire ce que je soupçonnais déjà, que la maison d'édition ne roulait pas sur l'or et comme j'étais malgré tout une employée et en plus une nouvelle...

« J'espère que tu comprends.

— Mais oui, bien entendu... »

Ensuite, il m'a expliqué qu'il ne pouvait plus me parler, que la réunion était sur le point de reprendre, qu'il s'était juste échappé une minute parce qu'il tenait absolument à me parler, et qu'il était désolé parce qu'il avait pensé toute la journée à notre petite soirée, jusqu'à ce qu'il reçoive cette mise en demeure hallucinante de Mᵉ Renard, l'avocat du mégalomane qui n'est pas content de gagner cent fois plus que l'auteur moyen qui, lui, se contente d'un revenu annuel de trois mille dollars. Et cela, si Réginald Martel a parlé de lui dans sa chronique, sinon il doit faire encore plus de traductions ou demander une autre subvention.

J'ai voulu demander à Jean-Jacques quand nous allions nous voir, mais il avait déjà raccroché. J'étais triste. George, ma chatte, a sauté sur la table et s'est mise à manger gaiement la portion de saumon de Jean-Jacques, comme si elle avait compris que maintenant ce n'était plus important. Alors je me suis versé un grand verre d'Opus I, je l'ai accompagnée, et pendant quelques secondes, j'en ai voulu à cet auteur qui m'ôtait ce plaisir que j'attendais tant. Puis je me suis dit que mon sort n'était pas si triste. Jean-Jacques était absent, bien sûr, mais il était avec un avocat. Pouvais-je vraiment l'envier? Surtout que moi, je dégustais un grand cru pendant que George dégustait du poisson cru: il y a pire.

Pourtant, après le troisième verre de rouge, j'ai commencé à me sentir nostalgique et à me demander: est-ce le commencement de la fin? Commence-t-il déjà à prendre ses distances? Parce qu'il est marié. Parce qu'il est mon patron et celui de mon père. Parce que notre histoire n'a pas de sens.

Pourtant elle avait si bien commencé. Je me rappelle le premier soir, où ma vie a basculé. C'était à un lancement. Moi, j'avais eu le coup de foudre le premier jour, dès que j'avais été embauchée à la maison d'édition. Lui, il m'avait ignorée, comme si je n'existais pas, comme si je ne l'intéressais pas du tout... Mais ce soir-là, au Ritz, le vent tournait...

Comme il était brillant dans la petite allocution qu'il avait improvisée pour présenter son nouvel auteur. Comme il était beau! Il portait un magnifique costume noir, aux épaules très amples, cintré à la taille, probablement un Armani si j'en juge par la coupe: ce que j'aime un homme qui sait s'habiller! J'ai tout de suite pensé que ce n'était pas un hasard, que nous soyons tous les deux en noir, parce que moi, je portais une imitation de robe Chanel noire achetée à la friperie du coin.

Toute la soirée il m'a complimentée, comme s'il me découvrait soudain. Comme il sait tourner un compliment! Louis, lui, lorsqu'il avait été privé de moi pendant quatre jours, ce qui était sa limite, et que, comme un enfant impatient, il voulait son bonbon, il me complimentait toujours avec le même disque: «Aie, sais-tu que t'es pas laide, toi? Viens par ici que je te regarde d'un peu plus près... » Et il me prenait par la main, me traînait vers le lit... D'un romantisme !

Je m'étais habituée — on s'habitue à tout. Et même quand je n'en avais pas envie, je disais oui, pour éviter les discussions : je suivais le conseil d'Esther, ma meilleure amie, enfin mon ex-meilleure amie, qui m'avait enseigné que c'était moins long de faire l'amour avec un homme que de lui expliquer pourquoi on n'en a pas envie !

Louis ne me disait jamais que j'étais belle, seulement que je n'étais pas laide, comme si ça le brûlait de faire un compliment véritable, à moins tout simplement qu'il ne m'ait jamais trouvée belle et c'est pour cette raison qu'il regardait toutes les autres filles, dont plusieurs pourtant n'étaient pas vraiment belles, et même, n'étaient vraiment pas belles. Nuance, comme dirait mon père qui aime faire ce genre de phrases !

Il n'est pas nécessaire à un homme qu'une femme soit belle pour qu'il la regarde : les hommes ont le don de morceler leur admiration, ils s'accrochent au galbe d'un sein, à la finesse d'une jambe, à une bouche ou à des hanches. Il faut dire que moi aussi je me laisse parfois séduire par des parties plutôt que par le tout, et que j'aurais parfois envie de leur rendre la monnaie de leur pièce en les consommant à la carte comme ils le font si allègrement avec nous. Mais presque toujours, au dernier moment, une petite voix me retient, et puis la première fois, en général, ce n'est pas si bien et quand en plus c'est la dernière...

Oui, Louis, les compliments, ce n'était pas son rayon, tandis que Jean-Jacques... D'ailleurs seulement la manière qu'il avait de poser les yeux sur moi, ce soir-là, était un compliment...

À la fin du lancement, il a proposé de me raccompagner.

J'ai dit : « Il faudrait que ce soit discret, si papa me voit monter avec vous, il me tue. » Il m'a dit : « Sortons séparément et rejoignons-nous au coin de Sherbrooke et de Crescent. » Je n'avais jamais été aussi énervée de ma vie.

Quelques minutes plus tard, je me suis retrouvée dans sa voiture, une BMW 540. C'était la première fois que je montais dans une BM noire — dans une BM de n'importe quelle couleur, d'ailleurs ! — et j'ai beau ne pas me croire superficielle, j'éprouvais une sensation très agréable, une sorte de nervosité aussi, de (comment dire ?) fierté, et je n'ai pas pu résister à la tentation de tâter discrètement le cuir de ma banquette, comme si je me préparais à palper la peau de Jean-Jacques.

Dans cet habitacle qu'il occupait tous les jours, j'étais tout à coup envahie par l'odeur de son eau de toilette. Et un instant, j'ai eu l'impression que je posais la tête sur mon oreiller parfumé de Photo, parce qu'un jour que j'avais croisé Jean-Jacques dans un corridor de la maison d'édition, j'avais remarqué que c'était ce qu'il portait et tout de suite j'avais été en acheter.

Quand il a arrêté la voiture devant chez moi, il m'a regardée sans rien dire, il a posé sa main sur ma cuisse et, sur le coup, j'ai été saisie, et même un peu choquée par l'audace de ce geste, mais j'étais comme paralysée (de bonheur), je n'étais pas capable de protester. Qui en aurait été capable à ma place sauf une maso ? Des frissons me parcouraient tout le corps, comme s'il m'avait touchée avec une baguette magique, c'était les tropiques sous ma Chanel et, bon, ça ne m'était pas arrivé souvent au cours des sept cent trente derniers jours, vu que je ne voyais personne, et que les plaisirs qu'on se donne...

Comme je ne disais pas non, il a dû penser que je disais oui : c'est une équation qui vient aisément à l'esprit des hommes! Il s'est penché vers moi, pour mieux dire, il s'est littéralement jeté sur moi et s'est mis à m'embrasser. J'aurais dû le repousser, parce que ce n'était pas une bonne idée, même si j'y pensais depuis des semaines, à ce premier baiser. Mais pendant les cinq premières minutes, je n'ai rien dit, je me sentais toute molle, tout tournait dans ma tête, il y avait si longtemps qu'on n'avait pas cherché ainsi à me dévorer vivante, à me séduire avec la langue. Et je ne me rappelais plus ce que c'était la magie qui passe d'un être à l'autre par les lèvres, et qui nous élève, et qui nous fait tout oublier. Et comme en plus c'était dix fois mieux qu'avec le dernier, qui aurait dû prendre des leçons parce qu'il embrassait comme un pied, j'attendais avant de protester. J'ai des principes: je ne suis pas conne.

Mais quand il a mis la main sur un de mes seins glorifiés par mon soutien-gorge pigeonnant, j'ai mis le holà: est-ce que je craignais spontanément qu'il ne découvre ma petite (c'est le cas de le dire) super-cherie?

« Il vaut mieux pas... » ai-je dit. Et je l'ai dit juste à temps, parce que si j'avais attendu quatre secondes de plus, il aurait été trop tard. Je me connais, il aurait pu me prendre tout de suite sur la banquette.

« Mais pourquoi? a-t-il demandé, les yeux égarés: il ne comprenait vraiment pas, moi non plus mais c'était comme ça.

— Tu es... »

J'avais commencé ma phrase par un tutoiement qui m'apparaissait tout à coup inconvenant: il avait beau m'embrasser, dans ma tête il demeurait mon patron.

« Vous êtes marié...

— C'est fini entre ma femme et moi.

— Mais avant, je... dites-moi quelque chose... »

C'était une requête bizarre, j'en conviens, et elle parut le surprendre. Je voulais qu'il me dise des mots d'amour avant qu'il ne prétende me le faire. Il était sagace, ou il avait vraiment envie de moi, parce qu'il a tout de suite mis le doigt dessus, et m'a dit :

« Je... je suis fou de toi, Lisa, depuis le premier jour... »

Je triomphais, parce que je le savais, je le savais parce que moi aussi, dès le premier jour, j'étais tombée sous son charme, et je ne m'étais jamais vraiment relevée.

« J'ai tenté de résister, j'ai tout fait, mais je n'ai pas pu et puis je me suis dit, si j'attends trop longtemps, je vais la perdre, et si je la perds, je ne le supporterai pas... »

Alors moi, j'ai eu les larmes aux yeux, parce que les paroles que je mourais d'entendre depuis le premier jour, il me les disait exactement, et c'était mieux encore : c'était une édition revue et augmentée de ma pensée.

J'ai bien eu un doute encore, un petit doute, que peut-être ce qu'il disait, il ne le pensait pas, que peut-être il disait la même chose à toutes les femmes. Mais non, c'était impossible, ce hasard, ces paroles, il les pensait : ça me faisait trop mal, là, près du cœur, ça me faisait trop de bien.

Pourtant quand il a dit : « Est-ce qu'on monte chez toi ? »

J'ai répondu que ce n'est pas une bonne idée, il a répliqué : « C'est vrai, roulons un peu. » Nous sommes allés sur le mont Royal, à l'observatoire, d'où on voit toute la ville.

Là, il s'est remis à m'embrasser. Puis il a remis sa main sur mes seins. Et je n'ai rien dit. Et je n'ai rien dit non plus lorsque son autre main s'est glissée entre mes cuisses, puis sous ma robe, parce que c'est ce que je voulais. À côté, il y avait d'autres autos, mais tout le monde faisait la même chose que nous.

Le lendemain, je n'ai pas pu le voir, mais il m'a fait porter deux douzaines de roses, et je me suis dit que j'avais eu raison d'être patiente et que j'avais enfin rencontré un homme romantique, même s'il était marié : il n'y a rien de parfait.

16 juin, soir

Depuis quelques jours, Jean-Jacques joue les hommes invisibles. Il ne m'appelle plus, semble m'éviter au bureau. J'ai l'impression qu'il s'éloigne déjà de moi, après à peine un mois. Comme si notre histoire n'avait été qu'un feu de paille.

Pourquoi ?

Peut-être est-ce tout simplement parce que je ne suis pas si bien. Il y a tellement de filles au bureau, qui sont mieux que moi et qui lui tournent autour, comme Patricia, la nouvelle attachée de presse, une véritable bombe de sexe qui ne semble avoir qu'une intention : me le voler.

Je me suis regardée dans la glace de ma chambre. « Examinée » serait un meilleur mot car je me servais d'une loupe, et pas la plus indulgente : la loupe du doute.

Je ne sais pas si c'est la même chose pour les autres filles parce que je n'ai pas d'amies. J'en avais une, Esther, mais je l'ai perdue le mois dernier lorsque j'ai appris qu'elle avait couché avec Louis. C'est elle-même qui me l'a avoué, qui s'en est même vantée, dans un moment de dépression. Pourquoi croit-on toujours se faire du bien en faisant du mal aux autres ? J'aurais dû m'en moquer parce que je n'aime plus Louis, mais ça m'a fait quelque chose quand même.

D'ailleurs, à la réflexion, ce qui m'a chagrinée ce n'est pas tant la trahison d'Esther que sa vantardise tardive et inutile puisque Louis et moi sommes séparés depuis longtemps... Comme si Esther voulait vraiment me blesser, comme si ça la chicotait, ce secret, cette victoire, comme s'il fallait qu'elle me le dise, et ce n'était pas parce qu'elle était rongée de culpabilité. C'est drôle quand même comment le sexe peut être fort, assez fort pour compromettre et même sacrifier une amitié. Peut-être qu'elle était moins amie avec moi que je ne le croyais. Et peut-être que, comme elle était beaucoup plus séduisante (et séductrice) que moi, elle supportait mal l'idée de ne pas avoir fait tomber un homme qui s'intéressait à moi et non à elle, comme si ça remettait en question son propre charme.

Enfin, je ne sais pas. Je suis sûre par ailleurs qu'elle n'a pas dû avoir à déployer la grosse artillerie pour séduire Louis, que c'est peut-être lui-même qui a fait les premiers pas. C'était sa spécialité, les premiers pas, pour séduire, puis pour prendre la fuite. *Easy to get, hard to keep. Hard top keep.* Comme si une femme (sensée) voulait le garder après avoir gratté (ça prenait dix-huit minutes et trente secondes) la mince couche de vernis qui cache sa véritable nature !

Anyway...

En attendant, pour me tenir compagnie, il me reste George que j'ai appelée ainsi même si c'est une femelle : c'est en l'honneur de l'écrivain George Sand, que j'admire. Des fois aussi je l'appelle « George sans s ». Ceux qui m'entendent, et qui n'ont pas de lettres, se demandent pourquoi je l'appelle « George sans s ». Ils se demandent aussi pourquoi je lui parle constamment même si elle ne me répond jamais. On dirait qu'ils n'ont jamais été mariés! Moi, en tout cas, quand je parlais à Louis, trois fois sur quatre il ne me répondait pas. Il fallait que je me répète (ce que ça peut être agaçant!) ou que je mette le mot *sexe* ou *argent* dans ma phrase pour qu'il daigne me répondre. Des fois, et c'était encore plus exaspérant, il me répondait même s'il n'avait pas écouté ce que je disais, et ça pouvait donner lieu à de drôles de dialogues du genre:

Moi: Quelle robe je devrais porter pour le repas chez ta mère?

Lui: Oui.

Ça te donne vraiment le sentiment d'être une princesse, dans ton couple, ce genre de réponse!

Heureusement, «George sans s» a toujours été là, elle, fidèle au poste...

Elle était là d'ailleurs, ce soir, assise à côté de moi, sur ma petite coiffeuse où elle a grimpé d'un seul bond, agile malgré ses inquiétants dix ans d'âge, et elle n'avait pas l'air de me trouver quelconque. C'est peut-être ça qui est si agréable avec les animaux: comme les petits enfants, ils ne nous jugent jamais. Ils nous aiment comme nous sommes, maigres ou gros, avec un grand nez ou de l'acné. Ils ne nous trouvent pas de défauts.

Je n'en suis pas là, moi...

En effet, une séance devant le miroir est souvent pour moi une expérience éprouvante.

Mes cheveux ne sont ni blonds ni noirs, ils sont châtains, entre les deux donc, et c'est peut-être une erreur. Ils seraient peut-être mieux blonds. Je ne sais pas. Ça ferait ressortir l'azur de mes yeux, qui reste difficile à discerner, dans un visage encadré de longs cheveux châtains, qui sont droits (peut-être une autre erreur) et que je devrais peut-être soumettre au fer à friser. Mon nez, je n'ai pas à m'en plaindre : il est droit, fin, mais il serait peut-être mieux un peu retroussé pour me donner un air un peu mutin. Il paraît que les hommes aiment bien, car ça laisse augurer un festin.

Je suis ni petite ni grande, plutôt mince, avec de véritables seins d'adolescente dont je suis assez contente, surtout lorsque je fais mon jogging. Esther, elle, s'était fait refaire les seins, je veux dire augmenter, parce que c'est presque toujours le cas — elle s'était aussi teint les cheveux en blond — et elle admettait avoir plus de succès, depuis, et elle me pressait de l'imiter, comme si c'était la clé du grand amour. Que cela puisse attirer plus d'hommes, une augmentation mammaire, je n'en disconviens pas, mais est-ce parce qu'on rencontre plus d'hommes qu'on rencontre forcément le bon ? « Tu comprends, c'est mathématique, plaidait-elle, en augmentant tes seins tu augmentes tes chances : double avantage ! » Mais, pour moi, le grand amour n'a que faire des statistiques. C'est une affaire de destin, qui n'a rien à voir avec les seins ou alors ce n'est pas le grand amour.

Je résistais d'autant plus facilement aux plaidoyers d'Esther que je n'arrivais pas à m'imaginer avec une poitrine autre que celle avec laquelle je suis née. Ni sans mes jambes, d'ailleurs, qui sont très longues, et dont j'entretiens avec soin le galbe par trois heures de course hebdomadaire, sans compter les longues promenades solitaires que je fais sur le mont Royal près duquel j'habite. Je me suis en effet déniché un chouette appartement sur Édouard-Charles, une minuscule rue d'Outremont, juste derrière Laurier.

À la vérité, je pense que mes jambes sont plutôt bien, du moins les jours où je ne subis pas une crise aiguë de doute esthétique. D'accord, je ne les mets peut-être pas assez en valeur. Je ne sais pourquoi, je n'ose porter ni jupe courte ni talon aiguille, et quant aux bas de nylon, ce n'est pas mon fort.

Qu'est-ce que j'ai d'autre? Les dents et, surtout, le sourire de mon père, dont il s'est d'ailleurs peut-être un peu trop servi pour faire des ravages auprès des femmes. J'ai enfin hérité des yeux bleus de ma mère mais je ne dois pas savoir comment les mettre en évidence par un habile maquillage. J'ai fait quelques expériences, ce soir (des fois que ça plairait à Jean-Jacques...), forçant un peu sur le fard à paupières, sur le mascara, mais il me semble que ce n'est pas moi, cette jeune femme peinturlurée dont la glace m'a renvoyé l'éclat agressif et presque vulgaire. Mais est-ce d'un petit supplément, non pas d'âme mais de maquillage, dont j'ai besoin pour que Jean-Jacques devienne plus sérieux avec moi et quitte sa femme, ce qui serait la preuve véritable qu'il m'aime...

Oui, peut-être suis-je trop quelconque pour lui... Il est si beau, avec sa haute stature, son front volontaire, ses cheveux très noirs, gominés à l'italienne, son teint presque toujours basané, ses yeux d'un bleu acier qui vous percent le cœur et qui vous déshabillent. Il a bien un début de double menton, surtout lorsqu'il rit ou se penche, mais cela ne fait qu'ajouter à son charme : ça prouve qu'il a de l'expérience.

Mon miroir me donne peut-être la réponse, la terrible réponse : je ne suis pas assez belle pour lui. Pourtant, il me semble que nous avons tout pour être heureux et même qu'il m'est destiné.

Je le sais parce que Pauline me l'a prédit, presque un mois avant que je le rencontre.

Pauline, c'est une tireuse de cartes qui ne se trompe jamais et qui officie tous les mardis soirs au Gypsies, un bar de la rue Saint-Laurent, près de Prince-Arthur, où l'on risque plus de rencontrer un mangeur de brochettes grecques que le prince charmant, malgré le nom de ladite rue. Pauline a un don, c'est certain, même s'il ne lui permet pas de rencontrer la bonne personne. Elle m'a expliqué que c'était normal. Que quand tu avais un don du ciel, il ne fallait pas que tu t'en serves pour tes fins personnelles, sinon tu risquais de le perdre et, comme c'est son gagne-pain...

Elle m'avait prédit que je rencontrerais Louis et que c'était une perte de temps parce qu'il y avait toutes ces reines autour de lui, la reine de carreau, la reine de cœur, la reine de trèfle et, c'était évident pour elle qui en avait vu d'autres puisqu'elle est voyante de profession, qu'il y avait la carte de l'infidélité en lui. Je ne me souviens plus laquelle, mais ça devait être le deux de pique. Mais je n'ai pas voulu écouter Pauline, qui ne peut t'empêcher de vivre ta vie. Elle peut juste te prévenir de ton destin, et espérer que tu n'aies pas trop de chagrin.

Pauline a été on ne peut plus claire au sujet de Jean-Jacques. En fait, sur le coup, ça ne m'a pas paru aussi clair, mais ensuite tout s'est placé comme elle avait dit. C'est presque toujours comme ça. Au début, même si elle te montre les choses comme elles sont ou comme elles vont l'être, tu te refuses à les voir. Parce qu'elle ne te montre pas ce que tu aimerais voir. Mais elle, elle n'a pas le choix : ce qu'elle te dit, ce n'est pas pour te faire plaisir, c'est juste pour t'aider à te démêler un peu.

Oui, je suis sûre de mon coup, parce que Pauline, ce soir-là, avait l'air plus inspirée que d'habitude. Sa jupe de gitane ressemblait à celles qu'elle porte tous les mardis soirs et qui est un peu comme son uniforme, même si c'est plutôt fantaisiste. Et son turban était enroulé de la même manière autour de sa tête. À ses doigts, elle portait les sept mêmes bagues que d'habitude; elle m'a expliqué que le nombre sept était magique.

Mais il y avait dans ses yeux un éclat particulier et elle m'a dit qu'elle voyait dans ma vie comme dans une boule de cristal, même si elle travaille avec des cartes, et a ajouté d'en profiter, parce que ça ne lui arrive pas tous les soirs, même si elle ne le dit pas à tout le monde, *because* ce n'est pas bon pour la clientèle.

J'ai bu ses paroles, j'ai pris des notes dans ma tête. Elle m'a d'abord expliqué que j'allais travailler tout de suite après l'université, que ce serait dans mon domaine, que c'était curieux parce qu'elle voyait plein de gens bizarres autour de moi, et aussi un homme plus âgé que moi qui m'aimait beaucoup et qui m'aiderait dans ma carrière.

Sur le coup, je ne pouvais pas savoir, parce que j'étais encore aux études, je terminais mon bac. Elle m'a dit aussi que ce ne serait pas une situation facile, qu'il y aurait beaucoup d'obstacles, et que j'aurais un choix à faire: un choix entre deux hommes, un homme qu'elle voyait puiser des pièces d'or dans un grand coffre et un autre qui était entouré de livres.

Elle a dit ta vie, à la fin, c'est toutes les décisions que tu as prises, il n'y a pas de mystère. Et puis elle a dit que ce n'est pas toujours la voie facile qui est la meilleure, mais ce n'est pas toujours la voie la plus difficile non plus.

J'ai voulu lui poser des questions à ce sujet, mais ses yeux avaient perdu leur éclat singulier, on aurait dit qu'elle était sortie tout d'un coup de transe... À tel point qu'elle m'a demandé pourquoi je lui posais cette question, comme si elle avait oublié tout ce qu'elle venait de me dire.

« Si tu veux, tu n'es pas obligée de me payer, a-t-elle dit. » Mais, évidemment, je l'ai payée, parce que même si elle n'avait pas répondu à toutes mes questions, même si j'étais inquiète à cause de certaines de ses révélations, j'étais enchantée. Elle m'avait prédit que je trouverais rapidement un travail, ce qui n'est pas évident lorsque tu as eu l'insouciance d'étudier en littérature et, surtout, que je rencontrerais deux hommes : je savais qu'il y aurait enfin de l'action dans ma vie.

Avec le recul, je ne peux que constater que Pauline ne s'est pas trompée. Le travail, je l'ai trouvé dans une maison d'édition, grâce à mon père, et les gens bizarres autour de moi, ce sont les écrivains, cette race particulière jamais vraiment heureuse d'écrire et jamais assez malheureuse pour ne plus écrire. Le jeune homme qui, dans sa vision, puisait des pièces d'argent dans un coffre, je l'ai rencontré, c'est le courtier étourdissant qui se soûle de ses propres calculs. Mais ça ne ferait pas des enfants forts. Et l'homme entouré de livres, c'est Jean-Jacques.

Pauline avait vu juste. Oui, sur toute la ligne. Surtout lorsqu'elle m'avait prédit que je rencontrerais beaucoup d'obstacles.

Et le principal, bien entendu, c'est que Jean-Jacques est marié. Pourtant, j'ai un espoir, pas seulement parce que je suis sa maîtresse et que, forcément, ça ne tourne plus rond dans son ménage, mais parce que j'ai su de sources sûres, par des employées à la cafétéria, qu'il est en instance de divorce et que c'est juste une question de semaines avant que la séparation ne soit consommée, si je puis dire, même si pour des raisons d'ordre purement pratique, il vit encore sous le même toit que sa femme.

21 juin

Cᴇᴛ ᴀᴘʀÈꜱ-ᴍɪᴅɪ au bureau, nouvel appel surprenant de Philippe. Décidément, il a de la suite dans les idées. Il dit :

« Je me demandais si tu étais libre pour aller prendre un verre cette semaine. »

L'invitation a une portée plus large : cette semaine, au lieu d'un soir en particulier et il va falloir que je sois plus claire au sujet de mes intentions.

« Écoute, Philippe, tu es un type bien, même très bien, et je ne voudrais pas que tu penses que... enfin, je... je ne me sens pas prête actuellement à démarrer une relation, j'ai un nouveau travail qui est très absorbant, et j'aime mieux être seule.

— Qui te parle de démarrer une relation ? Nous pourrions nous voir juste en amis, la soirée que nous avons passée ensemble était si merveilleuse... »

Il a trouvé notre première soirée merveilleuse ?

« Écoute, Philippe, je ne veux pas te blesser, ne le prends pas personnel, comme on dit, mais je pense que nous n'avons vraiment rien en commun. Ce qui t'allume ce sont les chiffres, la finance, et moi, je n'y comprends rien, et si je commence à te parler de *Madame Bovary*, je suis sûre que tu ne seras pas intéressé.

— Mais non, au contraire, je suis même prêt à la rencontrer, si tu veux. Et même à rencontrer toutes tes amies. Tout ce qui te concerne m'intéresse. »

Il pense que Madame Bovary est une de mes amies ! Pauvre Flaubert, il doit se retourner dans sa tombe ! Je me mords les lèvres pour ne pas rire et je poursuis :

« Je ne vois vraiment pas comment tu peux dire ça,

Philippe, que tout ce qui me concerne t'intéresse. Tu ne me connais même pas. L'autre jour au restaurant, les seules fois que j'ai ouvert la bouche, c'est pour avaler ma nourriture. »

Je ne vois pas pourquoi je poursuis cette conversation. Philippe ne m'intéresse pas. Un point c'est tout. Pourquoi ne le comprend-il pas et ne tire-t-il pas sa révérence ?

« C'est vrai, admet-il avec une candeur qui me désarme, d'autant que les hommes admettent rarement leurs torts, je... je voulais t'impressionner, parce que... parce que ça fait des années que je n'ai pas rencontré une femme qui me plaît autant que toi. »

Là, il me surprend et me touche. J'ai rarement vu un homme avoir le courage de me dire pareille chose. Ce n'est peut-être que du baratin... Et pourtant il a l'air sincère.

Un peu plus tard dans la journée, juste avant cinq heures, en fait, j'ai reçu une fleur. Une seule fleur. Une rose blanche. De lui, Philippe.

Je me suis dit, il a vraiment une idée fixe.

Il y avait un petit mot qui disait : « Voici une nouvelle édition de ma pensée... »

Nouvelle édition : il a voulu faire un jeu de mots amusant. Le petit mot continuait ainsi : « ... Je sais que nous nous sommes rencontrés à un mauvais moment, mais peut-être un jour nos courbes de rendement vont-elles se rejoindre. Parfois, il suffit d'une fraction de seconde pour repérer un bon placement. C'est une question de sentiments. Moi, quand je t'ai vue, j'ai su tout de suite que tu étais mon meilleur placement à vie. En tout cas, si tu veux en savoir plus au sujet de ton avenir financier ou autre, appelle-moi, sans obligation de ta part évidemment, comme ils disent dans la publicité. Philippe. »

Et il avait laissé trois numéros de téléphone. Au bureau. À la maison. Son cellulaire. Un peu plus, il me laissait celui de sa grand-mère! Je relisais malgré moi ce petit mot qui me faisait sourire lorsque papa est entré dans mon bureau. Tout de suite j'ai arraché le mot et j'ai tendu la rose blanche à papa, et je lui ai dit:

« C'est pour te remercier d'être ce que tu es, et d'être mon père. »

Il a pris la rose et n'a rien dit, même pas merci, mais il avait les larmes aux yeux.

28 juin

DÉCIDÉMENT, tous les lundis matin, il se manifeste. Avec une régularité de métronome. Même si je ne lui ai pas donné signe de vie. Même si je n'ai pas utilisé ses numéros de téléphone. Et ne l'ai pas remercié de sa rose blanche. Je veux parler de Philippe. Mais cette fois-ci, il a vraiment mis le paquet, comme on dit. En première page de *La Presse*, en bas, il y avait un bandeau publicitaire. Réservé par Philippe. Et qui disait en gros caractères. LISA GRANGER, TON CONSEILLER PRIVÉ T'ATTEND CE MIDI À L'EXPRESS. À L'AGENDA: DISCUTER DE TON AVENIR. PHILIPPE.

Je me suis dit, il est sauté. Complètement sauté. Nous avons parfois réservé cet espace à la maison d'édition pour nos auteurs les plus en demande: cela a dû lui coûter au bas mot deux mille dollars! Il a perdu la tête. Malgré tout, et même si je ne l'aime pas, même s'il me laisse complètement indifférente, j'ai éprouvé une petite émotion. Laquelle au juste? Je ne sais pas. Peut-être simplement de la vanité. Oui, je pense que j'ai été flattée. Il est fou. Fou de moi. Et il doit vraiment bien gagner sa vie, comme maman me l'a dit, parce que pour pouvoir se taper une fantaisie aussi coûteuse...

J'ai quand même éprouvé un petit mouvement de tristesse.

Pourquoi n'est-ce pas Jean-Jacques qui est aussi fou de moi ?

Ce serait si simple, si simple...

Quand je suis arrivée au bureau, tout le monde m'a taquinée.

« Tu ne nous avais pas dit que tu avais un amoureux secret... »

Même papa m'a posé des questions.

J'ai dit que c'est une autre Lisa Granger...

Mes collègues féminines ont dit : « Elle a de la chance, il n'y a plus d'hommes romantiques, mon copain ne ferait jamais ça pour moi, il me laisse même payer ma place au cinéma. » Et d'autres trucs du genre...

Une collège m'a demandé si j'avais l'intention d'aller au rendez-vous. J'ai dit non, je ne connais pas de Philippe, je ne vois pas ce que j'irais faire là.

Et pourtant, vers midi, après d'interminables hésitations, j'ai discrètement sauté dans un taxi et je me suis rendue à L'Express. Cette fois-ci, il n'était pas en retard. Il paraissait nerveux comme s'il craignait que je ne vienne pas. Il trompait sa nervosité en lisant un livre, pas un livre de finances, mais un roman. Lorsque je me suis approchée et que j'ai vu que c'était *Le marin de Gibraltar* de Duras, je me suis dit : il fait vraiment un effort. Duras, ce n'est pas évident, surtout pour quelqu'un qui est habitué à lire des courbes de rendement.

Lorsqu'il m'a vue, il a refermé son livre et il a paru soulagé. Je ne sais pas si c'est parce qu'il pouvait enfin prendre congé de Duras, ou si c'était parce qu'il était heureux de me voir : probablement les deux.

Il m'a serré la main, même s'il avait peut-être envie d'autre chose, au moins de m'embrasser sur les joues, et il a dit :

« Je suis vraiment content que tu sois venue. »

Je n'ai rien dit, j'ai souri, un peu embarrassée. Il m'a galamment aidée à m'asseoir, s'est assis à son tour, m'a demandé ce que je voulais boire. Il sirotait une bière. J'ai commandé une eau Perrier seulement, je travaille cet après-midi. Il a dit : je comprends.

Il était beau, comme la première fois, peut-être un peu plus, peut-être un peu trop, dans un complet noir, le cou cravaté d'or : avec ses cheveux blonds, le contraste était frappant. Pourtant je me disais que c'est dommage, il ne me fait pas d'effet. Vraiment pas d'effet. Et dire qu'il y a des centaines de femmes qui donneraient tout ce qu'elles ont pour être assises à ma place. Il y en avait deux à la table d'à côté en tout cas qui lorgnaient toujours Philippe, dans l'espoir peut-être qu'il les remarque, mais lui n'avait d'yeux que pour moi. J'ai dit :

« J'espère qu'il n'y a pas trop de Lisa Granger à Montréal.

— Pour moi, il n'y en a qu'une.

— Et si cette Lisa Granger unique n'avait pas été à Montréal ce matin. Ou si elle n'avait pas lu le journal ?

— J'ai pris une chance. Le téléphone ne fonctionnait pas.

— Je vois... Incidemment, merci pour la rose.

— Oh ! ce n'est rien, vraiment rien.

— C'est vrai qu'en comparaison d'une annonce en première page de *La Presse*... »

Il a souri, n'a rien dit. J'ai regardé en direction de son livre, j'ai dit :

« Tu t'es mis à la littérature...

— Oui, je... c'est intéressant, il y a des phrases un peu compliquées, mais je pense que je vais aimer, d'autant que je suis déjà allé en Italie : Florence, Pise, je connais et ça se passe là, l'histoire...

— Oui, je sais, j'ai lu... »

Une pause, puis il a ajouté :

« L'autre jour avec *Madame Bovary*, j'ai dû passer pour un vrai plouc. En achetant le roman de Duras (il dit Duras en taisant le s, comme Du-rat, et je ne le reprends pas : que m'importe la rectitude littéraire !), je me suis rendu compte qu'elle n'existait pas, Madame Bovary, je veux dire que c'était un personnage de roman.

— Oh, je pensais que tu plaisantais. De toute manière ce n'est pas important. Écoute, il faut que je te parle. Je suis... comment dire, je suis très flattée par tout ce que tu fais, la rose, l'annonce dans *La Presse*, mais mon idée à ton sujet n'a pas changé. J'ai de... appelons ça de l'estime pour toi et je ne voudrais pas que tu perdes ton temps ni ton argent et comme tu as déjà dépensé quand même pas mal de sous...

— Oh, une transaction de dix minutes.

— Oui, mais quand même, je... je pense que tu t'intéresses à moi pour les mauvaises raisons, tu ne me connais pas, donc si tu t'obstines, c'est probablement parce que je t'ai dit non, et que tu ne dois pas avoir l'habitude. Avec la gueule que tu as, tu peux sans doute avoir toutes les femmes, mais, comme moi je te résiste, tu te dis elle doit être spéciale, c'est impossible qu'elle me dise non, à moi, il me la faut absolument. Mais une fois que j'aurai dit oui, tu arriveras à la même conclusion que moi, nous n'avons rien en commun. »

Je me suis tue et j'ai pensé : ou bien il se désintéressera de moi parce qu'il aura couché avec moi. Parce

qu'il sera passé du premier au quatrième ou au cinquième degré du désir, pour employer la curieuse ter-
minologie de papa. Un jour qu'il avait bu (un peu trop)
et que je lui demandais comment il se faisait qu'il ne se
fixait jamais, qu'au bout de deux ou trois ans — c'est son
cycle, il me semble —, il recommençait toujours avec
une nouvelle femme, il m'a expliqué sa curieuse théorie
du désir. Je n'ai pas fait de commentaires, mais je me suis
dit que si tous les hommes pensaient comme lui, il n'y
aurait jamais d'union durable ou heureuse parce qu'il me
semble qu'il avait oublié quelque chose dans sa théorie :
l'amour.

Oui, l'amour.

Avec un petit ou un grand A, mais l'amour tout de
même...

Qui ne s'arrête pas lorsque s'évapore la nouveauté
mais au contraire s'épanouit, ce n'est que le début du
voyage, pas la fin...

Est-ce que je pense comme cela parce que je suis une
femme ?

Et une jeune femme ?

Est-ce que je penserai comme papa lorsque j'aurai
atteint son âge ?

J'espère que non, car c'est peut-être parce qu'il pense
ainsi qu'il boit tant de vin.

Oui, parce qu'il me semble oublier l'amour qui gran-
dit au lieu de diminuer à mesure que tu deviens un avec
l'autre, pourvu qu'il se prête au jeu. Certains hommes
s'y prêtent, il est vrai, mais ne se donnent pas...

Oui, j'ai trouvé papa un peu immature parce qu'il
oublie l'essentiel, mais comme il est plus âgé que moi, et
qu'en plus c'est mon père, et qu'en plus il avait bu et
qu'il paraissait triste, comme si sa théorie si claire n'était
pas si efficace lorsque venait le temps de livrer la

marchandise du bonheur (y en a-t-il une autre ?), je n'ai pas osé le contredire.

Philippe...

Qui écoute attentivement ma tirade.

Et paraît étonné.

Et déçu.

Et ses très beaux yeux bleus sont presque tristes. Il ne dit rien, comme s'il devait digérer cette rebuffade à laquelle il ne s'attendait pas parce qu'il n'y a pas beau-coup de femmes qui doivent s'obstiner à lui dire non je ne veux pas. Et comme si je voulais porter le coup fatal, j'ajoute :

« De toute manière, aussi bien être honnête avec toi, je... je ne suis pas libre...

— Mais je croyais que tu ne voulais pas avoir de relations...

— Moi aussi. Mais j'ai rencontré quelqu'un...

— Ah... et est-ce que c'est sérieux ?

— Oui, je crois, enfin il est encore...

— Encore quoi ?

— Oh, je pense que je n'ai pas envie de discuter de ça. Ça donnerait quoi de toute manière ?

— C'est vrai, je... »

Ensuite le repas a été plutôt froid. Et bref. Quand je suis retournée au bureau, dans le taxi, j'étais triste. Je me disais qu'il est quand même étonnant, le type : je file à l'anglaise à notre premier rendez-vous, je lui fais payer une bouteille de trois cent cinquante dollars, et il dépense quand même une fortune pour me revoir, il se met même à lire Duras pour me plaire...

C'est dommage tout de même.

Mais il y a Jean-Jacques...

Avec Jean-Jacques c'est plus difficile, mais je suis patiente : tout vient à point à qui sait attendre.

30 juin, mercredi soir

Quand le téléphone a sonné, vers sept heures, j'ai eu un pressentiment, j'ai espéré que ce soit Jean-Jacques qui a follement envie de me voir et qui m'annonce qu'il venait dans une demi-heure. Mais c'était maman qui m'expliquait qu'elle avait mis la main sur deux billets pour *Le fantôme de l'opéra* pour la représentation du lendemain. Je mourais d'envie d'y aller mais j'ai préféré refuser, au cas où Jean-Jacques voudrait me voir. Le jeudi, c'est un soir où on se voit souvent. J'ai dit à maman que j'étais prise, elle a dit qu'elle comprenait, qu'elle s'y prenait à la dernière minute, puis elle a ajouté qu'elle ne me dérangerait pas plus longtemps. Pauvre maman, elle a toujours l'impression de me déranger.

Dimanche soir, 4 juillet

Je n'ai pas vu Jean-Jacques de la semaine. Il m'a parlé deux fois au téléphone. Seulement cinq minutes chaque fois.

En coup de vent.

Comme un homme pressé.

Comme un homme marié.

J'essaie de me raisonner, de ne pas dramatiser, de combattre cette folle envie que j'ai d'être avec lui. Comme si j'étais intoxiquée.

Addicted.

De lui.

De ses yeux.

De son rire.

De ses mains.

Sur mon corps.

Dans ma nuit.

Il faut que je sois compréhensive. Il doit être pris avec ce procès qui lui est tombé sur la tête. Ce ne doit pas être tous les jours qu'il se fait poursuivre pour pareille somme, le pauvre homme.

J'ai pensé tout naturellement que je ne le verrais pas du week-end, qui est, en général, réservé à sa femme, même s'il ne l'aime plus, même s'il doit la quitter incessamment, et le samedi, en effet, rien. Calme plat. Mais dimanche matin, à huit heures trente, alors que je me prélassais dans mon lit en lisant *Les liaisons dangereuses* — drôle de coïncidence! — le téléphone a sonné, j'ai pensé, ça doit être maman, elle est bien matinale, peut-être qu'elle veut me parler du *fantôme de l'opéra*, que c'était génial et moi je vais regretter d'avoir dit non, surtout que c'était pour des prunes. Mais c'était Jean-Jacques, mon fantôme à moi.

Jean-Jacques, enfin, qui me parle, de sa voix suave, de sa voix grave: et pourtant, il sait dire des choses si délicieusement légères! Si je n'étais pas tombée amoureuse de lui dès le premier regard, je crois que je l'aurais fait juste en lui parlant.

Au téléphone.

Il y a des voix qui vous font craquer: comme des lapins, on nous attrape aussi par les oreilles, nous, les femmes!

Parfois.

Lorsque la main ne nous déplaît pas trop.

Je ne tomberais peut-être pas amoureuse d'un homme juste pour sa voix, mais je ne serais pas capable d'aimer un homme dont la voix me déplaît, dont la voix par exemple est haut perchée, ou un peu trop grosse, pas assez éduquée. Quoique parfois certains travailleurs en camisole sur la rue, avec leur muscles qui luisent comme leur regard lorsqu'on passe devant eux en petite robe d'été, me feraient oublier pendant quelques heures qu'ils n'ont pas la voix de Pavarotti...

Oui, Jean-Jacques me parle de sa voix de baryton, qui me fait vibrer, qui, bizarrement, tout à la fois me monte à la tête et me descend droit au sexe. Et moi je fonds, je voudrais lui dire que je suis furieuse contre lui parce que, depuis des jours, nous ne nous sommes pas parlés.

Il me dit :

« Qu'est-ce que tu fais dans cinq minutes ? »

Et moi, un peu bêtement, je réponds :

« Rien... »

Je sais que ce n'est pas la meilleure chose à dire, c'est même la pire si j'en crois les auteures de *The Rules*, qui sont catégoriques à ce chapitre et qui te démontrent par *a* plus *b* que, pour provoquer ou repérer un amour sincère chez l'homme, c'est bien simple, il faut toujours que la femme mente, et dise qu'elle est occupée même si, en vérité, elle se morfond. Il faut qu'elle montre qu'elle a sa vie à elle, tu me rappelleras, et si tu ne t'y prends pas soixante-douze heures d'avance (le mercredi soir sept heures pour le samedi), oublie ça, je ne suis pas un bouche-trou.

Oui, je sais tout ça, parce qu'il a fallu que je me tape le livre et que je fasse un rapport détaillé pour papa qui n'est pas capable de souffrir ce genre de prose. Je sais qu'il faut se montrer indépendante. Je sais aussi que c'est surtout facile quand on se fout du mec et qu'on cherche juste un mari parce qu'on veut se placer les pieds dans la vie.

Mais moi, avec Jean-Jacques, j'étais incapable de faire ce genre de calcul... Et puis j'avais trop peur que si je commençais à jouer un petit jeu, lui, il reprendrait ses billes. Il doit avoir déjà assez de contrariétés avec la maison d'édition qui, il paraît, connaît des hauts et des bas. Et avec sa femme avec qui il n'a que des bas, et ce ne sont pas des bas de nylon parce que c'est fini côté lit, où, depuis longtemps, il ne rêve plus avec elle mais fait seulement le cauchemar du divorce. Il a dit :

« Est-ce que je peux passer te voir ? »

J'étais surprise, parce que c'était un dimanche, mais j'ai dit oui tout de suite.

Quand j'ai raccroché, je croyais rêver : étais-je bien réveillée ? Pourtant, je lisais... Mais parfois je m'endors au détour d'une phrase.

Lorsque je lui ai ouvert la porte, même pas deux minutes plus tard, je me suis rendu compte que je n'étais pas maquillée, que je portais mon plus vieux pyjama, et je lui ai dit : « Attends j'ai une petite surprise pour toi. » J'ai couru à ma chambre, je me suis dévêtue en vitesse et j'ai enfilé mon slip de fantaisie hors de prix — que je n'avais encore jamais essayé pour lui — et j'allais mettre le soutien-gorge aux bonnets transparents, mais Jean-Jacques est venu me rejoindre, m'a poussée sur le lit, m'a arraché mon slip, a descendu son pantalon, et tout de suite il est entré en moi. Bon, plus irrésistibles que ça, les sous-vêtements, tu meurs : avoir su, j'aurais acheté un truc qui sert !

Dans d'autres circonstances, avec un autre homme, je n'aurais pas apprécié pareille brusquerie mais, avec lui, c'était déjà la fontaine de Trévi entre mes jambes lorsque j'ai entendu sa voix au téléphone. Alors il pouvait prendre toutes les libertés, et les prendre à la vitesse qu'il voulait, même à la vitesse de la lumière...

Une fois en moi, il ne s'est pas mis à me chevaucher comme je m'y attendais, comme je l'espérais. À la place, il a fait beaucoup mieux, il s'est mis à parler. Il a dit : « C'est fou comme tu me manques, je n'arrête pas de penser à toi, si tu savais comment est devenue la vie avec ma femme, c'est l'enfer. Des fois, je me fais peur, je crois que je vais l'égorger tant elle est insupportable, tant elle a l'art de me dire ce qu'il ne faut pas me dire au moment où il ne faut pas, mais il faut que je patiente parce que tout ce que je peux dire, tout ce que je peux faire, elle peut le retenir contre moi, et elle va le faire, je la connais. »

Oui, tout à coup, contre toute attente, il me parlait ainsi de sa vie, comme si de rien n'était, comme si nous prenions le thé au Sahara, parce que c'était déjà torride son corps sur mon corps. Et mes joues étaient pourpres de désir, et j'étais émue, pas parce que je lui avais ouvert mes jambes (avais-je vraiment le choix?), mais parce qu'il s'ouvrait à moi, parce que je découvrais que lui aussi avait, derrière ce sourire qu'on porte à la ville, ce malheur intime, et qu'avec le mien peut-être on pourrait arriver à une équation de bonheur.

Aussi je me suis mise à pleurer, et il a dit tout de suite : « Excuse-moi, je ne devrais pas t'embêter avec mes problèmes, tu as sûrement déjà assez des tiens. » Et alors j'ai compris qu'il ne comprenait pas encore que, pour moi, il n'y avait déjà plus de différence entre ses problèmes et les miens.

Au bout d'une demi-heure seulement, il s'est levé et il a dit : « Il faut que je parte, il ne faut pas que ma femme se demande où je suis parce qu'elle pourrait le trouver. »

Moi, j'étais liquéfiée sur le lit, parce qu'après sa causerie il était passé aux actes, comme on dit. J'ai mis une main émue sur ses lèvres et dit :

« Chut ! maintenant prends-moi, prends-moi, rends-moi folle comme l'autre fois, fais-moi tout, si tu veux, je suis à toi. »

Je ne savais plus où j'étais, dans les nuages, dans un lit, sur une plage, dans la nuit, mais quand même j'ai été assez lucide pour lui suggérer de prendre une douche avant de partir parce que sa femme avait beau avoir tous les défauts du monde, elle n'était sûrement pas une valise et elle savait reconnaître l'odeur d'une autre femme, l'odeur de l'amour, surtout frais fait.

Alors il est passé sous la douche, et pour être bien sûre que tout serait parfait, je l'y ai rejoint pour lui prêter main forte, et il n'a pas pu résister et il m'a prise à nouveau, debout contre le mur.

Et Esther qui m'avait dit que pour les hommes de quarante ans (Jean-Jacques a seulement trente-huit ans mais il est proche de cette borne apparemment fatidique), ce n'était pas évident, parce qu'elle avait eu un amant quadragénaire qui, contrairement aux hommes ordinaires, était vraiment fort sur les préliminaires : trois fois sur quatre il en restait là, son inspiration l'abandonnait et Esther restait sur sa faim. Heureusement qu'un oreiller ce n'est pas engraissant parce qu'elle serait devenue énorme tant, dans sa frustration, elle le mangeait, son oreiller, alors que lui se contentait de la manger, elle !

Oui, ce ne doit pas être évident de se faire allumer pendant une demi-heure et ensuite, désolé, ma chérie, la petite allumette a penché la tête vers le plancher. Pas étonnant que pour le suivant, elle n'ait pas posé trop de questions : elle voulait juste qu'il la saute sauvagement et elle se foutait des préliminaires, elle en avait pris une provision pour le prochain millénaire. Et lui était surpris et enchanté de tomber sur une femme qui pensait comme lui parce que sa précédente était plutôt timorée et n'était jamais certaine de vouloir aller jusqu'au bout, supposément parce qu'elle avait eu un traumatisme dans sa lointaine enfance : une autre qui a trop lu Freud !

Trois heures plus tard, c'est George qui m'a réveillée : j'avais oublié de la nourrir. Mais, bon, j'avais quand même des circonstances atténuantes ! Il m'a semblé qu'elle l'a compris et qu'il n'y avait pas de reproches dans ses miaulements, seulement un peu d'impatience.

J'ai fait un petit bilan de ma semaine. Je me suis dit, c'est vrai, je n'ai pas vu Jean-Jacques autant que j'aurais voulu, mais il m'a quand même fait l'amour deux fois, ce qui est deux fois plus qu'au cours des deux dernières années, si toutefois on admet que deux fois zéro puisse faire deux !

11 juillet, dimanche soir

J'AI PASSÉ un drôle de week-end.

Solitaire.

Et accrochée au téléphone.

Pas à parler mais à attendre qu'il sonne.

Parce que Jean-Jacques m'avait fait une surprise dimanche dernier, je m'étais imaginé qu'il se reprendrait cette semaine.

Pauvre conne...

Je ne suis pas sortie ou seulement à toute vitesse pour attraper un litre de lait pour George, une ficelle pour terminer le fromage acheté pour rien l'autre jour. Je craignais que Jean-Jacques appelle durant mon absence et qu'il préfère ne pas laisser de message : il y en a des comme ça, que ça intimide les machines même si tout le monde en a. Ou que mon répondeur se mette à déconner juste au mauvais moment : ce ne serait pas la première fois que ça lui arrive.

Je suis restée prisonnière, j'ai lu, j'ai pensé à dimanche dernier et chaque fois que je prenais ma douche, je revoyais Jean-Jacques qui me prenait, et moi qui l'enserrais avec mes jambes, qui hurlais de plaisir pour qu'il se souvienne bien de moi et qu'il ait envie de revenir plus souvent.

On dirait que ça n'a pas suffi.

Je sais, il a des ennuis.

À un moment pourtant le téléphone a sonné. J'étais dans ma douche, évidemment. On dirait qu'il le fait exprès, le téléphone, et que dès que je tire le rideau de la douche et fais couler l'eau, il sonne comme pour me narguer. J'ai couru comme une folle, mais j'avais les pieds mouillés. J'ai failli me casser le cou en glissant sur le plancher du salon. Enfin j'ai pu répondre. Ce n'était pas Jean-Jacques, mais Philippe. Déception. Il a dit :

« Est-ce que je te dérange ?

— Oui, je prenais une douche.

— Ah, je peux rappeler.

— Si tu veux... »

Mon premier mouvement avait été de lui dire ne me rappelle plus, mais je le trouvais touchant à la fin, avec son insistance, malgré tout ce que je lui avais fait, malgré tout ce que je lui avais dit.

À quatre ou cinq reprises, j'étais si déprimée que j'ai eu envie de rappeler Philippe. Je sais qu'il serait accouru pour me consoler. Mais je me suis dit non, ce ne serait pas honnête, ça va lui donner des idées, même s'il est entendu que nous ne sommes que des amis : il veut plus, c'est évident.

12 juillet, matin, sept heures

Ce matin, il faut que je lui parle, parce que ça devient insupportable, et je crains qu'à la fin, il ne m'oublie faute de m'avoir vue, ou qu'il oublie ce qui s'est passé entre nous...

Les hommes nous aiment-ils parce qu'ils font l'amour avec nous ou font-ils l'amour avec nous parce qu'ils nous aiment?

Qui pourrait bien me le dire?

Je sais bien que Jean-Jacques est occupé avec cette histoire de procès, mais quand même, j'existe, moi. Oui, aujourd'hui, je lui parle, je ne veux pas lui lancer d'ultimatum, bien entendu, il trouverait ça ridicule puisqu'il n'y a même pas assez longtemps que nous sommes ensemble, mais il faut que nous ayons une discussion.

12 juillet, soir

Je l'ai attrapé au vol dans un corridor, il n'avait pas vraiment le temps mais il a quand même pris quelque minutes, l'œil inquiet. Il ne me regardait pas dans les yeux en me parlant, et il commençait déjà à me rappeler mon ex, il guettait le fond du corridor, comme un assassin, comme s'il craignait que quelqu'un nous surprenne, comme si tout le monde connaissait notre histoire pourtant secrète, comme si c'était un crime pour un patron de bavarder quelques instants avec une employée.

Cet anonymat, ces cachotteries qu'au début j'acceptais de bonne grâce, qui même m'excitaient, maintenant me paraissent lourdes, m'agacent. Ce n'est pas une vie, à la fin! Ce n'est pas ce que je lui ai dit parce que je craignais trop qu'il ait un geste d'impatience, qu'il mette tout de suite un point final à notre histoire, mais à la place je lui ai dit:

« Ce serait bien qu'on puisse se voir cette semaine, ce serait vraiment bien, et ailleurs que dans ce corridor. »

Et il a répondu:

« Est-ce que tu penses que je ne le sais pas? Est-ce que tu penses que je dors bien sans toi? Est-ce que tu penses que je ne pense pas à ce que tu m'as fait dans la douche l'autre matin? À ce que je veux te faire dans mon lit? Est-ce que tu penses que je suis fou ou quoi? Mais il faut que tu patientes, il y a tant de choses, tant de choses qui se passent en ce moment. Je voudrais tout te dire, tout t'expliquer que je ne pourrais pas, même moi je ne suis pas sûr de tout comprendre. Il y a parfois des choses qui nous échappent. Alors je te demande seulement: sois patiente, ma petite chérie, sois patiente! »

Et ces mots, il les murmurait, inquiet, entre les murs des corridors de la maison d'édition qui ont des oreilles, c'est connu, des oreilles et des mauvaises langues. Et il me regardait enfin dans les yeux, comme s'il avait pendant quatre secondes et demie oublié tout le reste. Mais malgré tout, ce n'était pas la liesse parce que je voyais dans sa prunelle bleu acier qu'il était pressé, qu'il était déjà ailleurs et que, peut-être, il avait juste voulu se débarrasser. Et pourtant je lui ai donné son laissez-passer, j'ai dit ce qu'une femme finit par dire à un homme marié à une autre qu'elle, j'ai dit: « Je comprends, je comprends, je vais être patiente. »

13 juillet

CE MATIN, Philippe m'a appelée au bureau. Il a dit qu'il s'excusait pour l'autre jour de m'avoir dérangée, j'ai dit que ce n'était rien. Je ne sais pas pourquoi, pour la première fois peut-être, j'étais contente d'entendre sa voix. Peut-être parce que j'étais déprimée et que les choses avec Jean-Jacques n'allaient pas comme je voulais.

« Qu'est-ce que tu fais cette fin de semaine ?

— Rien. Mais je...

— Je vais avec des amis à la campagne et je me demandais si tu voulais m'accompagner. »

J'ai hésité puis j'ai dit pourquoi pas, Jean-Jacques est toujours invisible le week-end. Mais, à quatre heures, je l'ai rappelé : j'avais changé d'idée. Il a trouvé cela dommage, mais il n'a pas insisté.

14 juillet, minuit

CE MATIN, sur mon bureau, j'ai trouvé une enveloppe qui m'était adressée. Je l'ai tout de suite ouverte, fébrile. C'était un petit mot de Jean-Jacques qui disait tout simplement : « Je pense à toi, je pense à toi, je pense à toi. À ce soir. »

Il est arrivé à l'appartement tard, vers neuf heures, et tout de suite, il a voulu m'embrasser mais j'ai dit :

« Les nerfs, je pense qu'il faudrait qu'on se parle. »

« Si tu veux. »

Il s'est assis. Je lui ai servi à boire puis j'ai continué :
« Et puis, avec ta femme, est-ce que... ? »

Il a répondu qu'il était désolé, que rien n'était encore réglé, que son avocat préparait les papiers mais comme il avait le même avocat pour son divorce que pour son procès avec son auteur qui ne voulait pas régler hors cour parce qu'il était sûr de son fait, il fallait du temps...

Puis il a ajouté :

« À la fin de sa vie, mon père a commencé à avoir des difficultés avec la maison d'édition, c'est d'ailleurs ça qui l'a tué, il a été terrassé par une crise cardiaque. Je pense qu'il en avait assez et que c'était sa manière de quitter tout ça la tête haute. Il avait été obligé de vendre des actions au cours des ans et quand j'ai hérité de la boîte, les autres actionnaires se sont mis ensemble pour me bouter dehors, parce qu'ensemble ils étaient majoritaires, et pouvaient exercer ce droit qu'ils n'avaient pas tant que mon père vivait encore. S'il n'y avait pas eu ma femme qui avait de l'argent de famille et qui a réussi à racheter un des actionnaires, j'aurais été renversé. Alors il faut que je divorce avec des manières, parce que ma femme a cette carte dans sa main, et si elle le veut, elle peut me faire chier royalement. »

Je n'ai rien dit, j'ai seulement pensé : c'est toujours plus compliqué qu'on pense.

Il a ajouté :

« De toute manière, ne t'en fais pas, je vais pouvoir lui en parler pendant les vacances, je pense pouvoir la convaincre de faire la seule chose sensée. »

J'ai demandé, stupéfaite :

« Tu pars en vacances avec elle ?

— Oui, vendredi. »

Je n'ai rien dit mais je ne devais pas avoir l'air enchantée parce que tout de suite il a ajouté :

« Tu ne crois pas que j'aimerais mieux partir avec toi, que je ne donnerais pas tout pour partir avec toi, au lieu de partir avec cette sorcière ? »

Il ne savait pas toujours trouver les mots, il disait même parfois sans s'en rendre compte des phrases qui me tuaient mais là, tout de même, j'avoue, avec cette « sorcière » bien envoyée, il me faisait chaud au cœur.

« Si je ne règle pas ça, je risque de tout perdre, mais une fois qu'elle aura signé le document que mon avocat est en train de préparer, je n'aurai plus besoin d'elle, le divorce, elle ne le verra même pas passer, il sera trop tard, elle ne pourra plus revenir en arrière. »

Et il souriait pour la première fois depuis son arrivée. Je n'étais pas sûr de comprendre tous les détails, mais moi aussi je me suis mise à sourire, à cause de l'idée générale. Même si j'étais triste qu'il parte en vacances avec elle. Il l'a senti ou bien c'est un hasard, parce qu'il a dit :

« Qu'est-ce que tu fais la première semaine de septembre ?

— Je ne sais pas, il faudrait que je consulte mon quo vadis. »

Il a paru contrarié. Alors j'ai dit que c'était une plaisanterie, que je ne faisais rien. Il a dit :

« Qu'est-ce que tu dirais de venir une semaine avec moi à Paris ?

— Je vais en parler à mon patron, s'il est d'accord, je pense que j'aimerais bien. »

17 juillet, soir

Il est parti ce matin, il m'a dit, la veille au téléphone —
au cours d'une conversation de trois minutes — que
c'était au bord de la mer, un endroit qu'il déteste, parce
que l'eau est glacée, à Martha's Vineyard.

« Mais ne t'inquiète pas, il n'y a plus rien entre ma
femme et moi, je veux dire physiquement, vraiment plus
rien. On est comme frère et sœur, et, de toute manière,
depuis que je suis avec toi, la seule idée de coucher avec
elle me lève le cœur. »

C'était gentil tout de même de le préciser, il n'était
pas obligé. Ça m'a rassurée.

Et pourtant, lorsqu'il a raccroché, j'étais remuée,
pour ne pas dire ulcérée.

Martha's Vineyard...

Il va passer deux semaines à Martha's Vineyard avec
sa femme, et moi, en l'attendant, je vais me faire chier à
Montréal.

Ne risquent-ils pas, elle et lui, de se retrouver, au
bord de la mer, même s'il m'a juré que c'était la mer
morte dans leur lit ? Grisé par la brise marine, énervé par
la chaleur, enivré par les couchers de soleil romantiques,
par les roses qui, paraît-il, poussent là-bas comme avec
du Viagra, n'aura-t-il pas envie de coucher avec elle parce
qu'il va avoir envie de coucher avec n'importe qui et,
comme elle est là et le surveille ?...

À la fin de l'après-midi, ira-t-elle, avec pudeur, s'en-
fermer dans la salle de bains pour retirer son maillot,
pour lui cacher la marque obsédante de son bronzage à
la chute de ses reins, dans le haut de ses cuisses, ou
plutôt ne le fera-t-elle pas mine de rien devant lui, pour

qu'il lui arrache sa robe des mains avant qu'elle ne la passe pour leur petit souper d'amoureux à la chandelle pendant que moi je mangerai seule chez le grec du coin ou au Laurier parce que je n'aurai envie de rien me préparer ?

Et ses seins plus blancs que blancs dans la nuit par contraste avec son corps basané — sur lequel tous les jours il aura docilement étendu la crème qu'elle lui aura tendue — saura-t-il leur résister ? D'ailleurs ne se moquera-t-il pas qu'ils soient à elle ou à une autre — comme à une ravissante baigneuse entrevue sur la plage — et ne cherchera-t-il pas à la prendre de toute manière ? Le cadenas dans le zizi, surtout en vacances, est-ce qu'il y en a qui croient encore à ça ?

Et lorsqu'il aura enfin succombé parce qu'il est un homme et qu'elle est là et que je ne suis pas là, après trois ou quatre jours, cinq au plus s'il se rappelle encore de moi, elle aura les larmes aux yeux et dira, triomphante :

« Je savais que nous nous retrouverions un jour, mon amour, nous nous étions perdus de vue, nous n'avons pas fait attention à notre couple, on ne fera pas deux fois la même erreur, c'est promis. »

Oui, bon, je pense que je fais une (petite ?) crise de jalousie. C'est d'ailleurs curieux. C'est plutôt sa femme qui devrait être jalouse, puisqu'il la trompe avec moi. Et c'est moi qui suis jalouse quand même.

Je devrais penser à autre chose.

Mais à quoi ?

Journal de Charles (père de Lisa)

23 juillet 1999

Hᴉᴇʀ sᴏɪʀ, je me suis séparé de K avec qui je n'avais guère d'affinités.

Guère d'affinités?

L'expression est excessive sans doute, car nous avons bien été ensemble pendant deux ans.

Deux ans...

Deux mois, je ne dis pas, j'aurais pu expliquer ma contradiction, mais deux ans, c'est tout de même un bail. Mais c'est mon genre de rester avec une femme... qui n'est pas mon genre! Comme si c'était une excuse toute trouvée lorsque vient le moment de la quitter. Ou de me consoler d'être abandonné. Comme un joueur invétéré, et qui perdrait partie après partie, mais ne se lasserait pas du jeu, j'ai toujours en réserve cette carte dans ma manche: de toute manière, nous n'étions pas faits pour aller ensemble.

Je me demande d'ailleurs si je suis fait pour vivre en couple, si quelque femme me convient. Et pourtant, j'en ai rencontré bon nombre qui étaient exquises, des femmes de qualité, j'oserais même dire des femmes supérieures. Et je ne dis pas cela pour me vanter mais simplement pour démontrer que, pour moi, l'amour durable est peut-être impossible.

Peut-être ai-je toujours confondu l'amour et le désir. Cette méprise ne serait pas lourde de conséquences si je n'avais cet autre problème : une fois le désir envolé, l'amour ne m'intéresse plus. D'où ma perpétuelle errance.

Suis-je fait pour être en couple ?

Dans un premier mouvement, je me sens coupable de ce travers qui m'a causé tant d'ennuis.

Mais à la réflexion, je me demande s'il y a des couples véritables, qui s'entendent vraiment, qui se désirent, qui sont passionnés, qui sont aussi amis qu'amants, et ce, bien entendu, après des années, et non pas seulement les premiers mois, ou les premières semaines, ça c'est un sport facile.

Oui, y a-t-il des couples véritables, qui résistent au test de la vérité, qui, dans le secret de leur chambre, peuvent demander à leur miroir : « Miroir, miroir, dis-nous, sommes-nous encore un vrai couple ? »

Il y a autour de moi tant de couples qui éclatent subitement, à la surprise générale, et qui pourtant semblaient parfaitement heureux. Le malheur peut-il surgir de manière si inattendue, du jour au lendemain ? Mais peut-être ces couples jouaient-ils la comédie, et, à un moment donné, n'en ont plus été capables et ont rendu les armes...

Moi, la comédie, je l'ai jouée assez longtemps : j'ai été marié sept ans, et je peux dire que seules les trois premières années nous avons formé un vrai couple, à moins qu'on continue d'appeler un couple deux êtres qui vivent ensemble certes, mais un à côté de l'autre, comme deux véritables étrangers, et qui n'ouvrent la bouche que pour se disputer, se déchirer, clamer leurs différences, noter des insignifiances. Oui, je sais, j'ai oublié de rabaisser la lunette de la cuvette... et toi de la lever pour moi, avais-je toujours envie d'ajouter lorsque j'avais encore l'illusion de pouvoir sauver notre couple. Ensuite je ne disais plus rien, je me contentais de refermer docilement la lunette et je pensais aux *Fleurs du mal* ou à Pluton, parce que c'est la planète la plus éloignée du système solaire.

En vérité, je me demande souvent s'il y a tant de couples qui seraient encore ensemble s'ils n'avaient ni vieilles habitudes ni liens matériels comme une maison, un chalet, un commerce — et je ne parle pas du commerce charnel, bien entendu ! En tout cas, malgré l'évidence de leur échec conjugal, de leur incompatibilité, il y a bien des couples que je connais qui s'accrochent.

Je sais qu'il ont parfois de bonnes raisons.

Comme les enfants.

Comme nous avons fait longtemps, pour Lisa.

Ma fille.

Qui aujourd'hui a vingt et un ans.

Et que j'adore.

Lisa...

J'ai de la chance car même si mon patron est détestable à plus d'un titre, et se prend pour un éditeur de génie même s'il ne serait pas là où il est si son père n'avait pas été là avant lui, j'ai obtenu de lui qu'il embauche Lisa dès sa sortie de l'université. Elle est mon assistante, si bien que je la vois tous les jours de la semaine. Je peux rattraper le temps perdu : c'est sa mère, Brigitte, qui avait obtenu sa garde et je ne la voyais que quatre jours par mois lorsque nul empêchement ne surgissait. La vie parfois nous réserve de jolies surprises.

Comme lorsque j'ai rencontré K.

K.

Je me souviens de nos débuts.

De notre rencontre.

De notre première nuit.

Jean, un ami et collaborateur régulier de la maison d'édition où j'occupe, depuis quinze ans, les fonctions de directeur littéraire, avait organisé une petite fête, ou plutôt un dîner, chez lui. J'étais célibataire depuis six mois. H, ma compagne précédente, qui se plaignait souvent de mon manque d'ambition, m'avait annoncé à brûle-pourpoint qu'elle me quittait pour un de ses plus gros clients, un homme très fortuné qui pourrait visiblement lui donner le genre de vie dont elle avait toujours rêvé. De quoi développer la méfiance naturelle d'un homme. Pour une femme. Il faut dire que j'avais mes torts — ils sont toujours partagés — et ce n'était pas seulement de ne pas être suffisamment ambitieux. Notre désir amoureux avait connu un déclin, et je n'avais rien fait pour le raviver, comme si je croyais la cause perdue d'avance.

Oui, mon célibat encore récent semblait irriter ou en tout cas inquiéter mes amis, comme si c'était un crime, une maladie même d'être seul, même lorsqu'on se remet bien légitimement d'une humiliante séparation. Ils voulaient tous me présenter quelqu'un, comme s'ils avaient pressenti ma secrète nature : je suis un solitaire qui ne peut vivre seul !

Donc Jean m'invite et me dit que sa cousine K sera là. Je demande, inquiet : « Pas un *blind date*, j'espère ? » « Non, non, me rassure-t-il. Elle sera là un point c'est tout. À titre d'invitée. »

Je n'ai jamais cru aux *blind dates*. L'amour est aveugle, je sais, mais tous les jours on croise des dizaines de femmes qui ne nous plaisent pas et à qui on ne plaît pas. Alors il faudrait un hasard vraiment extraordinaire pour voir apparaître une attirance réciproque à l'occasion d'un de ces rendez-vous arrangés. D'où ma réticence à leur endroit.

En franchissant le seuil de la charmante maison de style victorien que possède Jean, j'éprouve une première contrariété, mais je ne l'exprime pas à mon hôte. J'ai l'impression, pour ne pas dire la certitude, d'avoir été floué car, à part Jean et sa compagne, nous sommes, K et moi, les seuls invités, et comme j'ai presque une heure de retard, nous ne serons sans doute pas plus nombreux... Jean s'en excuse d'ailleurs, m'expliquant que quatre invités se sont décommandés à la dernière minute.

Je plisse les lèvres, sceptique, mais ne crois pas bon d'en faire un plat car la jeune femme qu'il me présente et qui est arrivée bien avant moi, parce qu'elle est polie, est plutôt jolie. Très mince, presque maigre à la vérité, avec de longs cheveux châtains, qui confinent au blond, des yeux verts : c'est nulle autre que K. Vive, elle parle beaucoup, boit sa bière « à la garçonne », c'est-à-dire à même la bouteille, ce qui n'enlève rien à son extrême féminité. Elle fume constamment, bouge avec une certaine fébrilité. Elle porte un chemisier blanc, une jupe de cuir noire.

Je vois tout de suite que je lui plais.

Malgré notre différence d'âge.

Car elle est visiblement beaucoup plus jeune que moi.

Quel âge peut-elle avoir ?

Vingt-sept, vingt-huit ans ?

Pendant le repas, elle se montre très attentionnée, remplit ma coupe de vin avant même qu'elle ne soit vide, me tend la corbeille de pain... Est-ce pour pouvoir se pencher vers moi, pour que je respire son parfum, assez capiteux, ou que je puisse voir son soutien-gorge par l'échancrure de son chemisier ?

Chose certaine, elle ne le fait pas par intérêt comme certaines jeunes femmes qui ont des ambitions littéraires et s'imaginent que le seul fait de coucher avec le directeur littéraire leur assure une entrée triomphale aux Éditions Le Gardeur, où je travaille. K, en effet, n'a aucune velléité littéraire même si elle est une lectrice vorace de best-sellers américains. En fait, elle n'a pas besoin de travailler pour vivre puisque ses parents — fortunés — sont morts récemment et lui ont laissé une somme assez rondelette, au sujet de laquelle elle ne m'a jamais donné de précisions. Mais elle pratique à l'occasion le métier de psychologue.

K est charmante, très sexy aussi, surtout avec sa bouche aux lèvres pulpeuses sur lesquelles elle s'est appliqué généreusement du rouge. Et pourtant, dès le premier instant, je me passe cette réflexion qu'elle n'est pas mon genre...

Nous abordons rapidement, comme si c'était un obstacle majeur à tout progrès futur entre nous, la question de l'âge. Elle m'avoue avoir trente-trois ans. Je ne sais pas pourquoi je dis : « m'avoue », alors qu'elle pourrait s'en vanter. Ce serait plutôt à moi d'avouer mon âge puisque je suis quadragénaire — quarante-deux ans bien sonnés, en fait — que j'ai un début de calvitie, des cernes sous les yeux.

Quarante-deux moins trente-trois égale neuf.

Neuf ans nous séparent.

À part tout le reste.

Que nous découvrirons bien assez tôt.

Quelques phrases.

Quelques silences.

Quelques regards.

Sa main, très nerveuse, aux doigts fins et aux ongles rongés, se pose souvent sur mon avant-bras, pour vérifier que je ne manque de rien. Elle me traite comme un prince. Je n'en ai pas l'habitude, ses attentions me touchent, me troublent.

Je n'ai guère bu pourtant, à peine trois ou quatre coupes d'un vin qui m'a déçu, un Château Croix des Moines 1996, dont j'avais apporté deux bouteilles, deux apéritifs, et aussi, j'allais l'oublier, une margarita que Jean a voulu me servir à tout prix même si je ne suis pas amateur. Lui et Z, sa femme, reviennent du Mexique d'où il a rapporté supposément la meilleure tequila au monde et, en tout cas, un bronzage qui me donne l'air d'un véritable cadavre tant je suis pâle en comparaison : ce n'est pas une vie, l'édition !

À un moment, Jean et Z, qui sont un peu éméchés, se lèvent et se mettent à danser, au son de la chanson *Cool Operator*, un *plain* pendant lequel ils s'embrassent goulûment comme deux adolescents.

K me demande si je veux danser moi aussi, mais je préfère refuser. Au bout d'une dizaine de minutes, Z, qui est très grande et très blonde, prend son mari par la main et l'entraîne vers une autre pièce, nous laissant seuls dans la salle à manger. Est-ce pour aller vérifier si leurs deux enfants dorment bien, ou pour une de ces « urgences » à laquelle, même après six ans de mariage, ils ne peuvent résister ?

K ne semble pas du tout embarrassée de cette retraite inattendue de nos hôtes.

Bien au contraire.

Aussitôt, elle me prend par le cou, m'attire vers elle, applique sa bouche sur la mienne. Je suis un peu surpris, mais je ne résiste pas.

Nous échangeons un baiser passionné. Pendant une dizaine de minutes. Bientôt Z et Jean, les yeux brillants, un petit sourire aux lèvres, réapparaissent.

Nous nous interrompons. Je tente de me donner une contenance, fais comme si de rien n'était : l'air digne, je parle de littérature... Mais Jean ne peut se retenir, un fou rire l'étouffe, et je pense d'abord qu'il est embarrassé parce que, de toute évidence, on les a entendus s'envoyer en l'air. Puis c'est la sculpturale Z qui éclate de rire, et qui se tord tellement qu'elle doit s'excuser et disparaître dans la cuisine.

Jean me fait alors un signe, effleure d'un geste rapide sa bouche — comme on fait à table pour signifier à un hôte qu'il a de la moutarde sur le menton — et je comprends immédiatement, je porte ma serviette de table à mes lèvres, l'examine : elle est toute maculée par le rouge à lèvres de K. Ce que voyant, K, qui jusque-là n'avait rien remarqué de mon ridicule état, tire en hâte de son sac un petit miroir dans lequel elle examine sa bouche ravagée qu'elle s'empresse de nettoyer avant d'être secouée, elle aussi, par un fou rire.

Nous sommes trahis et, pourtant, pendant le reste du repas, nous faisons comme si de rien n'était, nous ne nous démontrons aucune tendresse particulière. Une fois le dessert expédié, nous sommes supposés aller à un vernissage au Musée des beaux-arts. Jean et Z montent dans leur voiture. K prend place dans la mienne.

Le petit hors-d'œuvre que nous nous sommes permis au repas semble nous avoir mis en appétit parce que, arrivés près du musée, au lieu de nous rendre tout de suite à l'événement, nous recommençons à nous embrasser. Puis, finalement, je propose à K d'aller chez moi à la place.

Elle sait très bien pourquoi. Elle m'en donne la preuve parce qu'elle accepte en silence de passer tout de suite à la chambre à coucher, comme si c'était une affaire entendue. Et si je n'en étais pas certain, dès le seuil de la chambre franchi, elle se déshabille, sans gêne aucune, et s'allonge, pour mieux dire de plonger littéralement sur le lit où elle m'attend. Je fais preuve de moins de célérité, me dévêts moi aussi, tout en l'examinant.

Je la trouve un peu maigre. Elle a les épaules décharnées, de petits seins — j'espère qu'elle ne pensera pas la même chose de mon engin! — mais de très belles jambes. Je m'allonge à ses côtés et nous faisons l'amour assez passionnément, non sans une certaine maladresse il est vrai: il n'y a que dans les films que c'est réussi la première fois, dans la vraie vie, il faut en général un peu plus de temps avant que les corps ne s'apprivoisent.

Je ne sais pourquoi — est-ce le vin? — je n'ai rien «porté», je veux dire pas de préservatif. J'ai hésité un instant. Il y a tellement de maladies. Et puis je n'ai pas pris la peine de lui demander si elle utilisait des contraceptifs. Pourtant, au moment de jouir, je me suis prudemment retiré, et j'ai maculé son ventre, ce dont elle ne s'est pas formalisée. Elle a même regardé avec une certaine fierté cette essence abondante (au moins la disette amoureuse des six derniers mois a ses avantages!) qu'elle a retenue dans sa main en sautant du lit pour aller aux toilettes.

Pendant son absence, je pense que la vie moderne est étrange, qu'il y a à peine trois heures, je ne connaissais pas K et maintenant je la connais au sens biblique du terme. En trois heures, nous nous sommes rencontrés, nous nous sommes embrassés, et nous sommes devenus un couple, en tout cas nous nous sommes accouplés.

N'ai-je pas fait une erreur?

N'aurais-je pas dû attendre, prendre mon temps, mieux la connaître avant de coucher avec elle?

Mais je suis un homme et donc pas un grand penseur lorsqu'une femme se retrouve nue devant moi.

Journal de Lisa

J'AI PASSÉ les deux semaines les plus horribles de ma vie. Bien sûr, il y avait le projet de voyage à Paris...

Bien sûr, il était obligé (?) de partir avec sa femme pour arriver avec elle à cette entente qui lui permettra de conserver le contrôle de sa maison d'édition.

Mais quand même, j'ai trouvé le temps long, archi-long, même si j'ai mis les bouchées doubles au travail et me suis plongée dans un roman-fleuve : ça ne me faisait pas oublier que ce n'était pas moi qui étais au bord de la mer avec Jean-Jacques.

Il m'a appelée le cinquième jour de ses vacances. C'était un soir, assez tard, il devait être passé minuit. En tout cas il m'a réveillée. Il a dit :

« C'est fou ce que tu me manques, si tu savais. À Montréal, je ne te vois pas tous les jours, mais au moins je sais que tu es là, je sais que je peux te voir si je fais une crise de Lisa... »

Une crise de Lisa, c'est la première fois qu'on me la sert, celle-là ! Il me touche, le chou. Il poursuit, et moi je ne dis rien, je bois ses paroles.

« Je sais que je peux me réfugier chez toi lorsque la connerie du monde dépasse les limites. Mais ici je suis prisonnier avec elle, je ne peux pas te voir, c'est un supplice... Pourquoi est-ce que ce n'est pas toi qui es ici avec moi ? »

Je réponds un peu prosaïquement :

« Parce que tu es parti avec elle, Jean-Jacques.

— Je sais, je sais, mais pourquoi est-ce que je ne suis pas déjà divorcé, pourquoi est-ce que je ne suis pas libre ? Ça serait si simple, si simple nous deux... »

Et là, à ma propre surprise, pour lui redonner le moral, je m'entends lui dire ce qu'il me dit depuis le début :

« Il faut que tu sois patient, Jean-Jacques, il faut que tu sois patient.

— Je sais mais si tu savais comme tu me manques.

— Toi aussi tu me manques. »

Un silence puis :

« Tu sais ce que j'aimerais, ce que j'aimerais vraiment ?

— Non...

— J'aimerais m'endormir ce soir et que demain ce soit dans dix jours et que ce soit toi qui se réveilles à côté de moi.

— Moi aussi, moi aussi... »

Puis il a paru pressé tout à coup, sa voix a changé, il a dit : « Il faut que je te laisse, elle revient dans la chambre, à la semaine prochaine, ma chérie, à la semaine prochaine »...

Et il a raccroché.

Le lendemain je recevais une carte postale de lui.

Qui ne disait rien.

Mais qui disait tout.

Qui disait simplement : « Je t'aime et je deviens fou. »

Le surlendemain, une carte identique qui disait :

« Je pense à toi et je suis triste que tu ne sois pas là.

Je pense à toi et je chante, parce que je sais que tout va s'arranger, parce que les choses s'arrangent toujours lorsqu'on aime. Et je t'aime. »

Le soir, je relisais ses cartes postales et je m'endormais en souriant, même s'il était absent.

Pourtant, comme si un mystérieux messager de la nuit voulait me prévenir de quelque danger, pendant les vacances de Jean-Jacques, j'ai fait ce rêve étrange que j'avais déjà fait. Il y avait cette forme noire qui me suivait, je ne savais si c'était un fantôme, ou une simple ombre. Parfois on aurait dit un loup, un loup immense et solitaire qui surgissait de la forêt et me prenait en chasse. Et moi je courais, essoufflée, épuisée, mortellement angoissée. Parfois aussi un cavalier inconnu semblait monter ce loup sinistre, un cavalier qui portait une robe noire, ou une longue cape, je ne sais pas, un cavalier qui venait de loin et qui me poursuivait sans relâche. Une nuit, j'ai vu son visage et j'ai poussé un cri de mort même s'il m'était familier : c'était mon père. Il avait l'air d'un assassin et ne semblait pas me reconnaître, moi, sa fille, sa fille unique qu'il adore.

Un matin, à mon réveil, j'étais si troublée par ces cauchemars qui revenaient tout le temps que je me suis dit que je devrais consulter Pauline. Je suis allée la voir au Gypsies, c'était un mardi soir tranquille, elle a pu me garder plus longtemps. Je ne lui ai rien dit au sujet de Jean-Jacques parce que je ne voulais pas trop l'influencer, et puis après tout c'est son travail de tout savoir. Mais je lui ai quand même parlé de ce loup noir qui me pourchassait la nuit — c'était le but de ma visite — avec mon père sur son dos.

Comme d'habitude, elle m'a fait brasser et choisir des cartes et quand elle les a retournées, tout de suite elle a froncé les sourcils. J'ai dit :

« Qu'est-ce que c'est, est-ce qu'il y a quelque chose qui ne va pas ? »

— Non, dit-elle. »

Mais je savais qu'elle voulait dire oui. J'ai insisté, elle a plissé les lèvres et elle a dit :

« Brasse à nouveau les cartes. »

J'ai fait ce qu'elle a dit, puis j'ai choisi de nouvelles cartes et, quand elle les a retournées, je pense que j'ai eu l'air retournée moi aussi parce qu'elle avait l'air de l'Inquiétude avec un *i* majuscule. Dame de pique, as de pique, roi de trèfle que ma main avait choisis au hasard : il y avait de toute évidence trop de noir dans mes cartes.

Elle m'a demandé :

« Elle est comment ta vie, ces jours-ci ?

— Bien, ai-je dit. »

Mais j'avais une si petite voix, j'avais le cœur si gros et les yeux si humides qu'elle a bien vu que je ne lui disais pas la vérité et elle n'avait pas besoin d'être voyante pour voir, comme tout le monde à la maison d'édition, que je n'étais pas dans mon assiette, parce que j'étais nerveuse : je jouais un jeu dangereux, et Jean-Jacques aussi. Et j'avais beau dire que c'était seulement un abus de café, tout le monde me trouvait changée, je ne riais presque jamais sauf pour donner le change en faisant une imitation de celle que j'étais avant de rencontrer Jean-Jacques.

Pauline a touché de sa main droite les quatre bagues de sa main gauche comme si elle voulait en tirer de l'inspiration. Puis elle a demandé :

« Est-ce que tu vois quelqu'un en ce moment ?

— En ce moment ? Non... »

Je mentais mais juste à moitié puisque Jean-Jacques était en vacances et donc je ne pouvais le voir. Elle a paru sceptique, elle m'a dévisagée de ses yeux perçants et elle a dit que ce n'était pas le bon moment pour moi pour commencer une histoire. Et elle a ajouté :

« Sois prudente, ma chatte, sois prudente ! »

Je n'ai rien dit mais j'ai pensé, l'amour, tu ne le rencontres jamais au moment idéal, mais si tu ne le saisis pas quand il passe, si tu ne lui mets pas le grappin dessus, c'est une autre qu'il va rendre heureuse — ou malheureuse, évidemment — et toi tu restes à regarder le plafond de ta chambre. Je sais bien que je le regardais parfois lorsque Louis me faisait l'amour, mais ça c'est une autre histoire.

J'ai quand même promis que je serais prudente et ensuite j'ai demandé à ma cartomancienne adorée :

« Pour le loup noir, qu'est-ce que ça veut dire ?

— C'est un mauvais présage, mais ce personnage n'est pas nécessairement ton père, ça peut être un autre homme parce qu'il aime les bals masqués, le rêve. »

Ensuite elle s'est tue un moment et ses yeux sont devenus vitreux comme lorsqu'elle est très inspirée et qu'elle peut te dire tes quatre vérités, et même deux ce serait déjà trop parce que parfois c'est terrible, et elle a dit :

« Quand il y a des nuages, ça ne donne rien de partir en croisière, même si tu es au bord de la Méditérranée. Il faut attendre le beau temps, ensuite tu sais où tu t'en vas. Il n'y a jamais le feu en amour, même s'il y a des hommes qui nous lancent des 911, et qu'on se sent comme une ambulance. Sois patiente, ne fais rien pour le moment, ne fais rien avant Noël.

Journal de Charles

31 juillet

Aɪɴsɪ ᴅᴏɴᴄ, je me suis séparé de K ou plutôt elle m'a quitté, soyons honnête. Elle m'a téléphoné pour me dire qu'elle en avait assez d'attendre. Qu'après deux ans, nous devrions normalement vivre ensemble, comme le faisaient toutes ses amies qui vivaient déjà avec leur homme. Et non seulement vivre ensemble mais avoir des projets à deux, comme d'avoir un enfant de moi parce que, à trente-cinq sans, elle n'avait pas toute la vie devant elle, et elle ne voulait pas attendre d'avoir l'âge d'une grand-mère avant de devenir mère.

Deux ans...

K me dit aussi qu'elle en a assez d'être toujours celle qui me téléphone. Elle m'a menacé de ne plus m'appeler. Ce qu'elle fait. Je ne l'ai pas appelée moi non plus, comme si je voulais voir combien de temps elle pouvait tenir. Il y a de cela sept ou huit jours maintenant. Alors je crois bien que nous sommes séparés. Mais il faut combien de temps pour vraiment parler de rupture? Une semaine? Un mois?

Dans le fond, je le sais, il y a longtemps que nous aurions dû nous laisser. Surtout que, depuis quelques mois, l'exaltation des débuts s'était étiolée, le désir s'était affadi.

Mais n'est-ce pas un phénomène naturel — et inévitable ?

Avec les années, j'ai cru me rendre compte qu'il y avait cinq degrés du désir. Et invariablement, je passais du premier au dernier, plus ou moins vite, selon les femmes.

Le premier degré, c'est la naissance du désir, c'est le désir puissant, dévorant, parfois obsédant qu'on éprouve pour une femme, étrangère ou pas, avec laquelle on n'a pas encore couché.

Le second degré, c'est la jeunesse du désir, c'est le désir dans son plein épanouissement, qu'on éprouve avec une femme avec qui ont a déjà fait l'amour, mais qu'on veut connaître davantage. C'est l'exploration, la volonté de répéter les expériences agréables qu'on a eues avec elle et d'en découvrir de nouvelles, la lune de miel en somme.

Vient ensuite, inévitablement, le troisième degré, celui de la maturité. Le désir est encore présent mais le couple a adopté un rythme de croisière. Si dans un pot on avait mis un sou chaque fois qu'on a fait l'amour pendant la période du deuxième degré du désir, il va falloir en général plusieurs années pour en mettre autant pendant le troisième degré. Pourtant, la situation demeure supportable parce que le désir est encore présent et parfois, à l'occasion de vacances, de voyages exotiques, de grandes émotions, comme l'achat d'une nouvelle maison, le couple a l'impression de revenir, du moins pour un temps, au second degré du désir, si délicieux, si exaltant. Cet intermède lui permet de mieux se maintenir dans le troisième degré du désir, qui a aussi ses heures sombres.

Puis vient, presque inévitablement, du moins dans mon cas, le quatrième degré du désir, qui est son déclin. Alors le couple ne fait plus l'amour que fort rarement, et toutes les excuses sont bonnes (et d'ailleurs étrangement acceptées de part et d'autre) pour ne plus le faire. Lorsqu'on le fait, c'est à la sauvette, et cela n'a rien à voir avec la rapide partie de jambes qu'à ses débuts on se permettait dans la voiture pour faire passer le repas de famille qui nous attendait !

Rapidement — on n'a pas que ça à faire alors qu'avant on ne pensait qu'à ça ! — on le fait aussi fadement. En pensant à autre chose (épicerie, golf, travail) ou à quelqu'un d'autre. Qui nous aide à son insu à faire l'amour avec notre partenaire. Infidélité virtuelle, en somme.

On peut rester enfermé des années dans le quatrième degré du désir, comme dans les différents cercles de l'enfer de Dante.

Enfin vient le cinquième degré, la mort du désir. Alors on ne peut plus du tout faire l'amour avec l'autre (dont d'ailleurs on est parfois séparé ou sur le point de l'être) on n'en a plus du tout envie. À la limite, l'idée même de le faire nous paraît indécente ou ridicule : on se demande comment on a pu un jour désirer cet être qui nous laisse maintenant totalement indifférent, lorsqu'il ne nous inspire pas de la répulsion.

Désormais, tout rapprochement avec cet être ne saurait être qu'accidentel (trop d'alcool, par exemple) ou une ultime tentative, souvent désespérée, de faire renaître le feu de ses cendres.

La plupart des couples que je connais et qui sont ensemble depuis plus de cinq ans vivent dans l'état du quatrième ou du cinquième degré du désir. Mais ils ne le disent pas. Et en souffrent en silence ou ne le disent qu'à leur meilleur ami ou à leur psy. C'est sans doute pour cette raison qu'un livre comme *Le choc amoureux*, d'Alberoni, qui prétend qu'on peut retomber amoureux (avec la même personne!) même après la mort du désir, ait connu un si grand succès: les gens sont toujours prêts à croire au père Noël lorsque leur vie conjugale n'est plus un cadeau! Quelques rares privilégiés vraiment bien assortis vivent encore dans le troisième degré. Aucun dans le deuxième, si exaltant.

Je sais qu'il y a autre chose que le désir dans la vie. Il y la culture des tomates hydroponiques, l'hébertisme, la surveillance des mauvais herbes sur la pelouse, et les diètes pour retrouver sa minceur même si notre partenaire ne nous regarde plus depuis longtemps. Il y a aussi la bourse et la politique municipale. Moi, rien de tout ça ne m'intéresse, non plus d'ailleurs que le succès ou l'argent, dérivatifs de tant de passions éteintes. Alors il reste quoi pour un animal aussi bizarre que moi?

Le désir.

Le premier et le deuxième degré du désir.

Qui ne coûtent rien et qui pourtant n'ont pas de prix à mes yeux.

Je sais, il y a les sentiments...

Mais pour ça, je peux relire *Le rouge et le noir*. En plus, ça me change des tonnes de manuscrits que je dois me taper toutes les semaines parce qu'on en reçoit plus d'un millier par année: heureusement que je ne lis en général que les trois premières pages (en diagonale) et ensuite je donne instruction à ma secrétaire d'expédier la lettre de refus type:

Cher auteur,
Après une sérieuse analyse de notre comité
de lecture, nous sommes dans le regret de

vous annoncer que, malgré ses qualités indé-
niables, votre œuvre ne correspond malheureusement pas à notre politique éditoriale...

Votre œuvre !

Je pense à la réflexion de Proust, « Impossible venir :
mensonge suit. » lorsque le téléphone sonne. Je m'arrête
ou je continue de me confier à toi, cher journal, qui
accueille avec une bienveillance égale toutes mes hu-
meurs, bonnes ou mauvaises ?

Non, je ne réponds pas, il est presque dix heures du
soir, ça doit être le « baron » Jean-Jacques Le Gardeur
qui m'appelle à nouveau pour me demander où j'en suis
dans la lecture du manuscrit qu'il m'a demandé de lire à
toute vitesse hier sans m'expliquer pourquoi : il s'abaisse
rarement à justifier ses urgences ! Comme si je n'avais
que ça à faire ! Il ne pourrait pas me foutre un peu la paix
en dehors des heures de bureau ! Lui, je peux comprendre, c'est sa boîte, mais moi, je suis quand même
libre de faire ce que je veux lorsque je suis chez moi, et
surtout lorsqu'il est dix heures !

Mais si c'était K...

Qui est enfin revenue à de meilleurs sentiments et,
par conséquent, veut me revenir.

C'est si bien lorsqu'on fait l'amour après une séparation : d'ailleurs nous devrions nous disputer plus souvent parce que, la dernière fois, nous avons atteint un
sommet. Dont nous sommes vite redescendus, hélas !

Le téléphone sonne pour une cinquième fois, et je
pense alors que ça ne peut pas être mon patron. Il est
trop orgueilleux de nature et l'idée que moi, minable
petit directeur littéraire qu'il peut congédier quand il en
a envie, puisse le faire poireauter pendant cinq longues
sonneries avant de lui répondre lui serait totalement

insupportable. Et puis son temps est trop précieux. Presque autant que sa petite personne. Alors ça ne peut être que...

K.

C'est elle en effet.

Elle dit, tout simplement : « C'est moi... »

Sa voix est angoissée.

Elle ne dit rien de plus. Elle attend.

The waiting game.

Et j'entends au bout de la ligne sa respiration parce qu'elle fume nerveusement.

Comme d'habitude.

Peut-être un peu plus que d'habitude.

Je ne me sens pas vraiment bien depuis que je suis séparé d'elle, mais je ne me sens pas vraiment mal, non plus. Et pourtant je m'entends dire, après un silence de quelques secondes :

« Est-ce que tu veux qu'on se voie demain ? »

Elle acquiesce. Et elle ajoute :

« À sept heures. Chez toi. »

C'est de toute évidence à prendre ou à laisser, tant c'est dit sur un ton impératif.

Alors j'ai dit d'accord.

Et elle a raccroché.

Journal de Lisa

COMMENT SE FAIT-IL qu'il ne me donne pas signe de vie, qu'il ne soit pas venu me saluer au bureau? N'est-ce pas la première chose qu'il aurait dû faire s'il s'était ennuyé de moi, s'il m'avait vraiment aimée? Je sais pourtant qu'il est revenu de vacances, c'est sa secrétaire qui me l'a confirmé. Il a peut-être été débordé, au bureau, pendant la journée, comme il arrive toujours au retour des vacances, mais pourquoi n'est-il pas venu chez moi ce soir?

CET APRÈS-MIDI, au bureau, un messager arrive pour moi. Avec une jolie boîte bien emballée. Tout de suite j'ai pensé que c'est Jean-Jacques, enfin. Il est à peu près temps. J'ai eu un frisson. Mais lorsque j'ai lu la petite carte qui accompagnait le cadeau, j'ai déchanté. C'était Philippe, à nouveau. Décidément, il n'en démord pas.

Le petit mot était un peu énigmatique, et disait : « Si tu veux trouver la pièce manquante, rends-toi au Ritz ce soir à cinq heures trente. » Philippe ne fait décidément rien comme les autres hommes.

Je n'ai jamais vu un homme aussi persévérant, aussi obstiné. Il faudrait lui donner la palme de l'homme qui s'est fait dire non le plus souvent dans sa vie.

Ma curiosité piquée, je me suis empressée d'ouvrir le petit écrin qui contenait des boucles d'oreilles, ou pour mieux dire une seule boucle d'oreille en or (c'était ça, la partie manquante...). Très belle. Superbe en fait.

Je l'ai essayée et je me suis regardée dans le petit miroir à main que je garde dans mon sac, puis je me suis dit que ce type était vraiment sauté. Mais il est romantique aussi. Vraiment romantique. Si Jean-Jacques pouvait être ainsi. Je ne dis même pas totalement ainsi. Mais juste un peu, juste à moitié. Oui, s'il pouvait faire juste la moitié de ce que Philippe fait pour me plaire. Évidemment, Jean-Jacques est occupé, pour ne pas dire débordé. Avec ce procès et ce divorce. Mais quand même...

Comme Jean-Jacques ne s'est pas manifesté, un peu par dépit, et aussi un peu parce que je m'emmerdais, je suis allée au Ritz retrouver Philippe. Mais je n'ai pas voulu garder la boucle d'oreille. Il a dit :

« Ça ne t'engage à rien, c'est juste par amitié.

— Je préfère pas.

— Pas de problèmes. »

Et il a mis la boucle dans la poche de sa veste, avec l'autre, la manquante, en ajoutant :

« Si jamais tu changes d'idée, tu sais où les trouver. »

Nous étions assis au bar de l'hôtel, un vieux bar décoré à l'européenne, que fréquentait une clientèle pas très jeune, des touristes surtout, il me semblait, et quelques hommes d'affaires et je n'avais pas vraiment l'intention de rester, mais Philippe, qui ne semble jamais faire les choses à moitié, a commandé du champagne et, bon, ça ne m'arrive pas tous les jours, et puis Philippe est si détendu, si *cool*, que ça me change de Jean-Jacques qui, lui, est toujours sur le qui-vive, toujours pressé, toujours en fuite. Et que je ne vois pour ainsi dire jamais si bien que je me sens presque plus seule qu'avant de le rencontrer. C'est bizarre mais c'est ainsi.

«J'espère, lui ai-je dit, que tu ne feras pas semblant d'aller aux toilettes, en me laissant avec l'addition parce que, moi, je ne suis pas courtier en valeurs millionnaires ou je ne sais plus trop quoi. Je travaille juste dans l'édition et c'est plutôt une vocation qu'un gagne-pain. »

Il sourit et a dit :

« Non, ne t'inquiète pas, je ne te ferai jamais ça. »

Avec le champagne — Philippe a tout de suite commandé une deuxième bouteille lorsque la première a été finie — on a beaucoup parlé. Je ne planifiais pas de manger avec lui, mais l'alcool aidant, je me sentais plus conciliante. J'oubliais un peu Jean-Jacques qui semblait penser si peu à moi, et puis Philippe était si enveloppant, si calme, si amusant, comme si rien n'avait d'importance... À un moment donné, il a dit :

« Tu as l'air un peu triste, est-ce que je me trompe ?

— Non, tu ne te trompes pas, ai-je avoué après une hésitation.

— C'est quoi au juste ?

— Oh, je ne veux pas t'ennuyer avec mes problèmes.

— Mais tu ne m'ennuies pas, nous sommes amis, non ? »

Comme je ne disais rien, il a répété :

« Nous sommes amis, non ?

— Oui, ai-je dit.

— Ça veut dire qu'on peut tout se dire.

— Oui mais ce que je vais te dire va peut-être te faire de la peine.

— À un ami, on dit tout, non ?

— Eh bien, je... ça ne va pas comme je voudrais avec... Tu sais que je vois quelqu'un...

— Oui, tu me l'as dit.

— Eh bien ce... c'est un homme marié. »

Il ne m'a pas fait de sermon, il n'a pas poussé d'exclamation. Il a seulement dit, sans me juger, sans me faire de reproches :

« Ah ! je vois, ce n'est pas évident. »

Alors pour ça, juste pour ça, pour cette petite phrase, pour cette douceur inattendue, je l'ai aimé, je ne veux pas dire aimer d'amour, mais j'ai senti qu'il pouvait être mon ami, et il me semblait que j'en avais bien besoin, parce que vu la situation avec Jean-Jacques, je ne pouvais me confier à personne, et le silence parfois m'était lourd à porter.

« Tu es gentil, toi, ai-je dit. »

Je sais qu'à ce moment précis, il a vraiment eu envie de m'embrasser, mais il ne l'a pas fait, il s'est retenu. Alors j'ai répété :

« Tu es vraiment gentil. »

Après le repas, il y avait de la danse sur une petite piste dans un des coins de la salle à manger. Des couples d'un certain âge dansaient sur une musique d'une autre époque. Philippe a demandé :

« Veux tu danser ? »

Je ne sais pas pourquoi, mais, même si je danse mal, j'ai dit oui. Lui, il dansait vraiment comme un dieu, parce qu'avec lui il me semblait que j'avais du talent sur la piste, qu'en tout cas je ne lui massacrais pas trop les pieds. À un moment, il s'est arrêté. Au beau milieu d'une valse — de Strauss, je pense... — il a pris mon visage entre ses mains et, avec un air grave, il a dit :

« Il y a quelque chose qui ne va pas. »

Je me suis inquiétée, il a fouillé dans sa poche et en a tiré les boucles d'oreilles qu'il m'a passées. Je me suis laissée faire, amusée et rassurée. Puis il a souri :

« Maintenant c'est mieux, beaucoup mieux. »

Et j'ai gardé les boucles d'oreilles.

À neuf heures trente, j'ai dit maintenant viens me reconduire. À la porte de mon immeuble, il m'a demandé s'il pouvait monter juste pour voir mon appartement mais j'ai dit qu'il n'y avait rien à voir là, qu'il était dans un désordre, tu ne peux pas t'imaginer.

« Je vais rester juste cinq minutes », a-t-il insisté.

Je ne voulais pas qu'il se fasse des idées, et je me disais si Jean-Jacques débarque à l'improviste, qu'est-ce que tu vas lui dire, comment vas-tu lui expliquer la présence de Philippe, surtout qu'il est plutôt bel homme ?

Je sais qu'il aurait aimé m'embrasser mais je lui ai tendu la main, il l'a serrée, beau joueur.

Bel ami.

En refermant derrière moi la porte de mon appartement, je me suis dit : « Tu as quand même passé une bonne soirée, même si tu ne l'aimes pas, même si c'est Jean-Jacques que tu as dans le sang. »

Dans la glace de l'entrée, je me suis regardée, les boucles d'oreilles dorées brillaient entre mes cheveux, et j'ai pensé il est gentil, Philippe, vraiment gentil, dommage que ce ne soit qu'un ami mais c'est ainsi, elle ne s'explique pas, la chimie.

5 août

Toujours pas de nouvelles de lui depuis son retour de vacances. Malgré les cartes postales enflammées, malgré son téléphone à minuit, il ne m'a donné aucun signe de vie. Pas un seul coup de fil. Rien. Comme si je n'existais plus. Des fois je le trouve si incohérent, si contradictoire que je me demande si ce n'est pas un malade mental. Un vrai malade mental! À moins que ce ne soit moi qui le sois de continuer à l'aimer malgré sa conduite.

En fait, ce que je redoutais est peut-être arrivé : il se sera réconcilié avec sa femme pendant des vacances qui devaient être seulement des vacances d'affaires si je puis dire et qui, avec la magie de l'été, de la plage, de la mer, se sont transformées en véritables vacances d'amoureux. Et moi qu'il a conquise si aisément, qu'il a prise, je ne compte plus, je n'ai été qu'une foucade, une aventure sans lendemain, je n'ai même pas reçu une lettre d'adieu, un coup de fil, une explication, des excuses. Rien!

Jean-Jacques, Jean-Jacques, dis-moi que je me trompe, dis-moi que ce que je dis de toi est faux et archifaux, que tes sentiments sont plus nobles que ce que j'imagine, dis-moi que je me trompe, je t'en supplie parce que sinon, moi...

6 août, soir

Vers sept heures trente, Jean-Jacques est arrivé chez moi sans s'annoncer. Ça lui ressemble. Ça lui ressemble un peu trop. Comme si j'étais toujours disponible! Comme si je n'avais que ça à faire, attendre monsieur le prince! Il s'est assis au salon, je lui ai offert un verre de vin. Et j'ai pensé ce que j'ai pensé mille fois depuis quelques jours, que, s'il m'avait aimée vraiment, dès son retour, il aurait voulu me voir, me faire l'amour cent cinquante fois d'affilée, il se serait précipité chez moi, comme une ambulance à l'urgence, quand c'est une question de vie ou de mort, que le patient est en arrêt cardiaque. L'amour est-ce que ça ne devrait pas être ça, surtout après deux semaines de séparation?

Comme s'il y avait quelque chose de brisé entre nous, un nuage plus large que le ciel tout entier, un malaise à côté duquel une envie de vomir aurait été une aubaine, je me sentais comme dans l'antichambre de la mort de notre amour, comme un condamné qui attend de passer à la chaise électrique. Je ne disais rien, lui non plus — il n'était quand même pas pour me raconter ses vacances à la plage avec sa femme! Finalement, avant que notre rencontre ne ressemble à une scène de film suédois où l'on entend juste la neige tomber, j'ai dit, en essayant de ne pas monter sur mes grands chevaux:

«Tu aurais quand même pu me donner des nouvelles depuis ton retour, surtout après toutes ces cartes postales! J'aurais pu être morte dans mon lit depuis une semaine, dans un état de décomposition avancée, et tu ne t'en serais même pas rendu compte.

— C'est vrai, je... ça été la folie depuis mon retour, je n'ai pas eu une minute à moi. Je suis passé à ton bureau trois ou quatre fois, mais tu n'étais pas là ou tu étais avec ton père.

— Tu aurais pu me passer un coup de fil.

— C'est vrai, j'aurais dû t'appeler, mais je... Il va falloir que nous prenions un peu nos distances, Lisa, seulement pendant quelque temps. En vacances, ma femme m'a posé beaucoup de questions. Je pense qu'elle a des doutes à notre sujet et, depuis mon retour, elle me surveille, c'est pour ça que je n'ai pas pu te voir. »

Je le regarde, sceptique. Il poursuit :

« Elle a même reçu un appel anonyme à la maison. Une femme qui lui a dit de faire attention à son mari, je ne sais pas qui a pu faire pareille chose. »

Et en disant cela, il me regardait et pendant un instant j'ai pensé qu'il croyait peut-être que c'était moi qui voulais précipiter la chute de son mariage.

Alors je me suis offusquée, j'ai explosé :

« Tu ne penses quand même pas que ça puisse être moi !

— Non, en fait, j'ai ma petite idée. »

Moi aussi j'avais ma petite idée. Je n'ai rien dit, je ne lui ai pas dit que je soupçonnais Patricia, l'attachée de presse parce que les hommes sont si vains et si paresseux. Parfois de seulement savoir qu'une femme s'intéresse à eux suffit pour qu'ils aillent vers elle parce que c'est une aubaine et qu'ils ne peuvent pas plus résister aux aubaines que les ménagères.

Pendant une dizaine de secondes, il n'a plus parlé, il ne cherchait pas à m'embrasser non plus. Il se taisait et il me semblait que j'étais devant un peloton d'exécution et que chaque seconde de silence était une balle dans mon front. Il me semblait tout à coup que c'était bien fini entre nous : même les films muets, tu les comprends.

Simplement, il n'avait pas le courage de rompre. Il voulait me ménager, ne pas passer pour un salaud. Et, moi, je me détestais plus encore que je le détestais, parce que je m'étais fait avoir comme une véritable débutante et j'étais tombé dans le piège le plus banal : celui des hommes mariés qui vont quitter leur femme.

On a parlé un peu, on a bu, mais après une heure avec moi, après trois verres, après trois semaines de séparation, il ne cherchait pas à me renverser sur le sofa, comme il le faisait avec tant d'ardeur dans les débuts.

Je devais être rendue assez loin dans l'écœurement parce que j'ai commencé à penser à Philippe. Je me disais que, peut-être, j'étais en train de faire une erreur, une terrible erreur, d'autant qu'il ne me téléphonait plus, comme s'il avait compris que je ne voulais vraiment pas de lui, qu'il n'y avait aucun espoir. Oui, je commençais à penser à Philippe. Je commençais même à penser à Louis! Et en bien! Il avait des défauts (presque tous, en fait), il ne faisait certainement pas l'amour comme un dieu mais, au moins, il était régulier. À tous les quatre jours, comme par hasard, il avait envie de me dire qu'il ne me trouvait pas laide, et avec le recul, ce piètre compliment était presque aussi poétique que des je t'aime : tu dois être en manque, fille !

Je commençais à penser qu'Esther avait peut-être dit vrai. Les hommes, à un certain âge — et même si Jean-Jacques a seulement trente-huit ans, il est quand même beaucoup plus vieux que moi — ce n'était pas évident. Il fallait vraiment avoir la vocation, ou la libido à zéro ! Parce que passé le feu d'artifice de la nouveauté qui m'avait fait croire un instant qu'il avait encore des poumons de jeune homme, Jean-Jacques était redevenu... un homme qui avait dix-sept ans de plus que moi !

Puis, je ne sais pas pourquoi, j'ai pensé à la curieuse théorie de papa sur le désir des hommes. Je me suis dit que Jean-Jacques était peut-être passé avec moi en quatrième vitesse au quatrième degré du désir, si ce n'est au cinquième, au terrible cinquième où il n'y a plus rien, que des souvenirs qui ne veulent plus rien dire, et des gestes qui ne brûlent que la mémoire, parce que lui ne veut plus te toucher, c'est fini.

Oui, j'aurais dû le laisser mariner un peu plus longtemps dans le premier degré du désir, pour qu'il apprenne à me connaître et à m'aimer pour autre chose que mes fesses. Pour que, comme écrit Stendhal dans *De l'amour*, il y ait cristallisation.

Jean-Jacques est peut-être tout simplement comme tous les hommes. Il pense peut-être comme papa qui, même si c'est mon père, ne pense certainement pas comme les femmes aiment que les hommes pensent : il n'y a que les premiers degrés du désir qui l'intéressent. Après, il tire sa révérence, mais il faut dire que la dernière fois, c'est lui qui a été largué.

Oui, j'ai beau penser que lui et moi, c'est sérieux, peut-être que, pour lui, je ne suis pas un placement à long terme, pour employer une expression de Philippe : décidément ma manière de parler est contaminée par tous les hommes que je rencontre ! Peut-être, tout simplement, que Jean-Jacques est vieux, plus vieux que je ne le pensais, et que, une fois passée l'excitation des débuts, il prend avec une femme une vitesse de croisière qui fait que le bateau prend dix mille ans à faire le tour de la terre...

D'ailleurs, tout à coup, alors qu'il est avachi sur mon divan, Jean-Jacques a l'air vieux. Comme mon divan, il ne semble plus avoir de ressort, même s'il a bronzé pendant ses supposées vacances ennuyeuses à Martha's Vineyard desquelles il est revenu plus séduisant que jamais. Plus séduisant et pourtant, tout à coup, dans ce fauteuil, sous cet éclairage qui n'était peut-être pas idéal : fatigué, usé. Est-ce ce procès qui le mine, ou ses négociations délicates avec sa femme ?

Peut-être, mais je trouve ça *dull*, de plus en plus *dull* de n'être que la poupée d'un homme marié. Une poupée avec laquelle il joue de moins en moins. Alors je lui ai demandé, un peu brusquement :

« Tu as recommencé à coucher avec ta femme ? »

Je l'ai dit sur un ton léger, comme le Gamet que je lui avais servi (on ne peut pas toujours carburer à l'Opus I !) pour ne pas qu'il pense que je dramatise.

« Mais non, a-t-il protesté.

— Alors tu as rencontré quelqu'un d'autre ?

— Mais Lisa, où vas-tu chercher ça ?

— Alors tu ne me désires plus.

— Mais non, c'est absurde ce que tu dis.

— En tout cas, ça n'a pas l'air de te démanger parce que je ne sais pas si tu sais, mais moi je tiens une petite comptabilité. Ce n'est pas pour te faire des reproches, et je sais que tu es débordé, mais ça fait plus d'un mois que tu ne m'as pas touchée. »

Jean-Jacques a voulu me prouver que j'avais tort, que je cherchais midi à quatorze heures. Alors il s'est approché de moi, il m'a embrassée.

« J'ai dit non, ce n'est pas la peine, tu le fais juste par esprit de contradiction, ou pour me faire plaisir. »

J'étais presque insultée. J'ai ajouté :

« Je ne suis pas une mendiante de caresses ni la petite fille aux allumettes qui cherchent à t'attiser. »

Il a insisté et il m'a prise et je me suis laissée faire et pour la première fois, il m'a semblé que c'était ordinaire, comme si nous étions un couple marié qui ne s'entend plus très bien. Lui aussi l'a senti car il s'est excusé :

« Je suis désolé, je suis fatigué, ce n'était pas terrible. Je... nous allons nous reprendre, nous allons nous reprendre, je te le promets. »

Puis contre toute attente, il a dit :

« Pour Paris, est-ce que ça tient toujours ? »

16 août

Hier, j'ai vu maman au déjeuner. Elle persiste à dire que je n'ai pas l'air bien et elle m'assure que ce qui me manque, ce qui me redonnerait une santé, c'est d'avoir une vie normale. Ce qu'elle appelle une vie normale, bien entendu, c'est d'avoir un petit copain et, justement, comme par hasard, elle aurait peut-être quelqu'un d'autre à me présenter. Cette fois-ci, c'est vraiment un coup sûr :

« C'est le fils de ma coiffeuse, non, non, ne t'inquiète pas, il n'est pas lui aussi coiffeur, non. Il est tout ce qu'il y a de bien dans un métier artistique d'ailleurs, un peu comme toi, il travaille en publicité.

— C'est artistique, ça, maman, la publicité ? ai-je demandé.

— Bien, oui, qu'est-ce que tu penses ! »

Je n'ai pas protesté davantage. J'ai préféré dire que je ne me sentais pas prête.

Elle a paru irritée, elle a haussé le ton :

« C'est ça, fais comme ma sœur qui pensait juste à sa carrière et qui, à trente-sept ans, a pris panique parce qu'elle a décidé qu'elle voulait finalement des enfants. Elle a choisi le premier con qui voulait lui en faire et, maintenant, elle est malheureuse en ménage parce qu'il calcule tout, même ce que ça coûte quand elle laisse une lumière pendant une journée. De toute manière, tu connais l'histoire. »

Oui, je la connais, parce qu'elle a dû me la raconter cent cinquante fois pour me terroriser et pour que je tende mes filets à mari, je n'en ai même pas !

« Maman, me suis-je contentée de dire, est-ce qu'il faut que je te rappelle que je n'ai que vingt et un ans et qu'il me reste encore seize ans pour arriver à l'âge où ta sœur a gâché sa vie avec son idiot de mari ?

— Peut-être, peut-être, a-t-elle dit, mais le temps passe vite, ma chère Lisa, plus vite que tu penses. Un matin, tu vas te réveiller et tu vas avoir trente-cinq ans. »

J'ai juste précisé :

« Comme je t'ai déjà dit, maman, je te promets que dès que je rencontre le bon, je fais tout pour qu'il me passe la bague au doigt. »

Elle a eu l'air heureuse, elle a dit que je la rassurais, qu'elle aimerait tellement que je sois heureuse. Moi aussi maman, si tu savais...

Journal de Charles

19 août, 11 heures du soir

Aᴜᴊᴏᴜʀᴅ'ʜᴜɪ, à six heures, après une journée éprouvante, le sous-homme, mon patron, a fait irruption dans
mon bureau. Il arborait ce petit sourire dont il a le
déplorable secret comme l'insupportable manie.

En début d'après-midi, je lui avais remis le rapport de
lecture si urgent qu'il m'avait demandé et dont j'avais
expédié le libellé entre deux exquises bouchées de *smoked
meat* chez Schwartz, ma petite faiblesse hebdomadaire.
L'œuvre était imbuvable, à tel point que je me suis
d'abord demandé ce qui justifiait un tel empressement
de la part de mon patron qui, dans sa hâte, avait même
omis de me remettre la page frontispice du manuscrit qui
porte le titre et le nom de l'auteur. (J'aurais dû me
méfier, car c'était un piège.) Alors j'ai intitulé mon
rapport, qui n'était pas tendre : *Sans nom et sans style.*

*« J'ai tout de suite pensé à Simenon, je parle bien
entendu du Simenon des romans durs, et non des Maigret,
mais sans l'atmosphère, sans le style, sans cette densité
psychologique qui en font toute la force. Je ne suis pas
ennemi du style minimaliste. Mais l'auteur a vraiment
atteint (sans le savoir) le degré zéro de l'écriture, pas au*

sens barthien, mais au sens que c'est nul et archi-nul : on dirait d'ailleurs plus des annotations scéniques qu'un véritable récit romanesque, comme si l'auteur était un dramaturge en vacances. Impubliable. »

Son déplorable sourire toujours accroché aux lèvres, mon patron a dit :

« Je savais que j'avais raison. »

Au début, je me suis demandé pourquoi il disait ça. La semaine précédente, nous avions eu une discussion (assez virile) sur l'efficacité (qu'il trouvait douteuse) de mon système d'évaluation des manuscrits. J'ai tenté de le rassurer : le navet a cette qualité — et c'est peut-être la seule — d'être d'une franchise suprême, c'est-à-dire de ne cacher son jeu à personne, donc d'être visible au premier coup d'œil. Donc le peu de temps que je consacrais à chaque manuscrit ne compromettait pas nos chances de repérer une œuvre valable, et en plus permettait à la maison de réaliser des économies, vu le nombre de manuscrits reçus. Gide avait refusé Proust, bien entendu, mais des Proust ne naissaient pas tous les jours, même si ses imitateurs, qui pullulaient, se croyaient du génie parce qu'ils faisaient de longues phrases. Comme si le seul fait d'être sourd, d'avoir les cheveux longs, un père alcoolique et un mauvais caractère donnait à Beethoven son génie !

« Là, je te prends. Ce roman, il est de N. L. (un auteur bien connu), c'est *Novembre* que j'ai fait recopier. Il en a vendu trente mille exemplaires, au cas où tu l'ignorerais.

— Si j'avais su que c'était de lui, j'aurais fait le même rapport, mais j'aurais recommandé la publication.

— Ah bon... Et est-ce que tu pourrais m'expliquer pourquoi ?

— Oui. Ses livres se vendent parce qu'il s'est gagné un public en devenant l'enfant chéri des médias. C'est pour cette raison que ses livres ne se vendent pas en France. D'ailleurs, ce que je vous dis, ça ne s'applique pas seulement à lui, et ce n'est pas nouveau : aujourd'hui, et mis à part des exceptions qui se comptent sur les doigts de la main, le succès d'un livre est médiatique ou il n'est pas. Alors, évidemment, même si c'est un torchon, si un manuscrit est signé par un chanteur connu, un animateur de télévision ou un homme politique, je vais dire oui à la publication mais je n'en pense pas moins. »

Oui, je n'en pense pas moins, mais mon patron, lui, continuait de sourire, un peu sadiquement, pour m'inquiéter, parce qu'il sait que je sais que mon poste est fragile, comme tous les postes en édition. Et même si je suis là depuis quinze ans, un jour, sans doute, il me remerciera. Il me garde surtout par fidélité à son père qui lui a laissé la maison d'édition avec, entre autres, moi comme vieux meuble.

Avant de partir, avec un peu d'humour, il a ajouté :

« En tout cas, tu es mieux de ne pas répandre ton opinion sur N. L. dans le milieu, parce que tu vas recevoir vite fait une mise en demeure de son conseiller juridique, le redoutable Me Lesot. Il paraît qu'il n'ose même pas commander au restaurant sans lui demander son avis.

— J'ai entendu dire. Merci du conseil. »

Malgré cette petite touche finale d'humour, je suis resté avec un malaise. Je me suis fait piéger. Et ce n'est jamais agréable.

Ce soir-là, lorsque K est arrivée à l'appartement, j'étais vraiment heureux de la voir.

En rentrant chez moi, je me disais : si je perds mon emploi à la maison d'édition, je fais quoi ? Me replacer, ce n'est pas évident. Et des économies, je n'en ai pas des masses.

K a tout de suite vu que je n'étais pas dans mon assiette. Je lui ai narré ma mésaventure au bureau. Elle a dit :

« Attends, je vais te faire oublier ce con, mon pauvre chéri d'amour. »

Et elle a fait comme elle a fait tant de fois, chez elle, chez moi, partout où il lui plaisait de me plaire, elle a défait ma braguette, s'est penchée sur moi. Nous étions assis sur le divan oriental du salon que nous avions baptisé ainsi par dérision, parce que nous y mangions souvent des mets chinois devant la télévision. Après un moment, j'ai voulu la prendre, mais elle a dit :

« Laisse-toi faire, c'est ta fête ce soir. »

Alors je me suis laissé faire jusqu'au bout. C'était un scénario fréquent entre nous car un matin que je faisais avec elle mes ablutions dans la salle de bain de son grand appartement, elle avait constaté, en examinant sa rondelle à contraceptifs — cette roue de la fortune des temps modernes qui décide chaque mois du sort de tant de petits anges ! — qu'il y avait trois jours qu'elle avait pris sa pilule.

Je me suis coupé à la gorge avec mon rasoir à trois lames (deux auraient suffi largement vu ma brusquerie) tant ma surprise a été désagréable, tant j'étais affolé par les conséquences possibles de cet oubli qui n'en était peut-être pas un. N'était-ce pas une question que K me posait, qu'elle posait au destin ?

Comme une prière.

Alors à partir de ce moment-là, j'ai refusé de jouir en elle. Au dernier moment, je m'épanchais sur son ventre, sur son dos, entre ses seins minuscules ou dans sa bouche amoureuse qui jamais ne se refusait à ce dénouement.

Je savais que K en souffrait, même si elle ne le disait jamais. Ce n'est pas que mon essence intime la dégoûtât.

Mais ma petite mort entre ses jambes aurait été une grande victoire pour elle et peut-être aussi un espoir, un réconfort : la pensée que je n'étais pas terrorisé par l'idée de ce qui, pour moi, aurait été un accident, pour elle, une promesse de bonheur.

Sans même en parler, nous nous sommes réconciliés. Nous n'avons même pas évoqué notre brève séparation.

Oui, nous nous sommes réconciliés, et pourtant K, la tendre, l'amoureuse, n'a pas dû voir là un triomphe, en tout cas une victoire complète. J'ai refusé de la suivre à son appartement, où je vais rarement, même si elle y a décoré un grand bureau pour moi, où je devais lire ces énormes manuscrits que j'emporte presque tous les soirs : heureusement que j'ai mon système sinon où trouverais-je le temps de lire ce que j'aime ?

K.

Qui, de retour chez elle, doit être triste. Je l'ai vu dans ses yeux, dans son sourire, lorsqu'elle est enfin partie après avoir pris soin de vérifier si je ne changeais pas d'idée, si finalement, je ne la suivrais pas chez elle.

« Demain, ce serait pratique, tu serais plus proche du boulot... » Oui, elle a vérifié, comme on relit les numéros d'un billet de loto perdant : on ne sait jamais...

Elle n'aime pas dormir seule dans un grand lit vide, « c'est le Sahara sans toi », c'est ce qu'elle m'a écrit une fois, dans une lettre que j'ai jetée parce que ça me brûlait de la lire. Ça doit être le désert, mais ça n'a rien donné parce que chaque soir que je l'abandonne, je repense à cette phrase de cinq mots : faut croire qu'on ne se débarrasse pas si facilement d'une petite fabricante de prose, même si elle n'est pas notre genre.

K.

Je n'ai pas résisté à la tentation de courir vers la fenêtre du salon pour la regarder s'éloigner dans sa petite

Jetta noire achetée par superstition parce que j'en ai une identique. Elle a déjà allumé une cigarette, bien entendu, et elle peste contre un mufle qui passe près de l'emboutir parce qu'il est trop pressé pour la laisser sortir de son espace de stationnement.

Oui, K qui repart seule.

Sans moi.

Et avec ses inquiétudes sans doute.

Même si nous sommes de nouveau ensemble, elle doit se demander pourquoi je ne l'aime pas comme elle m'aime. Comme je devrais l'aimer. Après deux ans. Surtout qu'elle fait tout pour me plaire. Vraiment tout. Me passe tous mes caprices. Ne me refuse rien. Accepte tous mes refus. Un jour, dans un moment de lucidité ou de réalisme, elle a dit :

« Dans le fond, c'est peut-être normal que tu ne veuilles pas les mêmes choses que moi, tu as quarante-quatre ans, moi, seulement trente-cinq. Moi, je veux tout, je veux vivre avec toi, avoir six enfants. Toi, des enfants, si tu en avais voulu d'autres après Lisa, il y a longtemps que tu en aurais eu, non ? »

Je n'ai pas dit oui, je n'ai pas dit non. Je n'ai rien dit, mais elle avait quand même l'impression d'avoir raison.

Les choses seraient si simples si je pouvais aimer K autant qu'elle m'aime. Je sais bien que je ne la rends pas heureuse. N'aurais-je pas dû, tout simplement, ne jamais me lier à elle ? Mais comment aurais-je pu prévoir que, malgré le peu que je lui donnais, elle se serait accrochée, elle aurait persisté à trouver un sens à notre relation si asymétrique, pour employer un terme qui plairait sans doute à... je ne sais plus trop qui, probablement à un psychologue. K n'emploie jamais pareil charabia, elle dit plutôt, lorsqu'elle a un peu trop bu, ou un peu trop pleuré :

« Tu ne m'aimes pas, je suis la seule à aimer dans ce couple. Un jour, tu vas voir, c'est toi qui vas m'aimer mais il va être trop tard, je te préviens, parce que je ne serai pas là éternellement et quand je serai partie tu vas voir ce que ça fait d'aimer dans le vide. »

Journal de Lisa

CE SOIR, vendredi, j'étais revenue du bureau après une semaine épuisante parce que la rentrée approche et que nous sommes en retard dans bon nombre de manuscrits — les auteurs ne cessent de revenir avec des changements de dernière minute ! — lorsque le téléphone a sonné. J'ai répondu, c'était un messager à la porte. J'ai ouvert la porte d'entrée, puis bientôt celle de mon appartement. Deux hommes en uniforme avaient transporté jusqu'à ma porte une boîte immense. L'un d'eux m'a demandé si j'étais bien mademoiselle Lisa Granger, j'ai dit oui. Ils ont alors porté l'énorme boîte joliment enrubannée jusque dans mon salon, puis ils m'ont fait signer un papier et sont repartis.

J'étais intriguée.

J'ai déballé tout de suite le cadeau. Lorsque j'ai soulevé le couvercle de la boîte, j'ai failli m'évanouir. Il y avait un homme dedans, un homme qui a littéralement bondi, comme d'une boîte à surprise. C'était Philippe, une sorte de revenant, puisque je n'entendais plus parler de lui depuis quelques semaines. Je pensais même qu'il avait compris ou qu'il avait rencontré quelqu'un d'autre et ça m'avait fait quelque chose.

J'ai poussé un cri et j'ai eu envie de le tuer parce que j'étais presque morte de peur, mais ensuite je me suis dit : il est drôle ce type, il est fou mais il est drôle. J'avais pourtant envie de le chasser *illico*, mais il avait des fleurs sauvages dans une main, et une bouteille très civilisée dans une autre, par un curieux hasard un Opus I.

« Je voulais juste voir de quoi avait l'air ton appartement », a-t-il dit.

Alors j'ai accepté de prendre un verre de vin avec lui. À un moment, j'ai eu envie de faire l'amour avec lui. Pour me venger de Jean-Jacques. Qui me laisse moisir comme un vieux camembert. Qui me fait des promesses qu'il ne tient jamais. Une fille en a marre à la fin !

Oui, je commençais à me dire pourquoi tu ne te payes pas une petite vengeance. Avec Philippe, ça serait même joindre l'utile à l'agréable. J'avais même commencé à entrouvrir mon peignoir, pour qu'il comprenne le message, lorsque le téléphone a sonné. C'était Jean-Jacques. Il était en bas.

« Est-ce que je peux monter ?

— Non, ai-je dit, je ne me sens pas bien, je vais me coucher. »

Il n'a pas insisté. J'ai attendu une dizaine de minutes, puis j'ai demandé à Philippe de partir.

26 août

JE SUIS LA MAÎTRESSE d'un homme marié.

Depuis la semaine dernière, je suis hantée par cette idée. Et curieusement, même si je ne la connais pas, même si Jean-Jacques m'en parle fort peu — d'ailleurs je ne l'ai pas vu depuis cinq jours parce qu'il est à New York pour acheter des droits de traduction —, je pense à elle.

Sa femme légitime.

Je me dis qu'elle ne m'a rien fait au fond, et pourtant, moi, même s'il m'a séduite, je lui prends quand même son mari. Je sais bien que Jean-Jacques m'a dit qu'entre elle et lui c'était fini, mais n'est-ce pas toujours ce qu'ils disent lorsqu'ils veulent se retrouver dans un lit? Est-ce qu'ils diront qu'ils adorent leur femme, qu'ils lui font l'amour deux fois par jour, que c'est le bonheur parfait, le grand amour?

Oui, je couche avec le mari de cette femme qui dort avec lui tous les soirs même si, supposément, il ne la touche pas; comme d'ailleurs il commence à faire avec moi, comme si je devenais sa femme: c'est peut-être ce qui arrive à toutes celles qu'il touche pour ensuite les jeter comme de vieux souliers...

Oui, je suis la maîtresse d'un homme marié et je me demande si je ne suis pas punie de ma faute, de la faute que j'ai commise en prenant à une femme son mari, si je ne suis pas punie parce que je suis condamnée à attendre, à ne pas vivre.

30 août

IL ME RESTE PARIS, il me semble que c'est ma dernière chance. Là, je pourrai me battre, je pourrai convaincre Jean-Jacques que je suis la femme dont il a besoin. Et notre histoire qui bat de l'aile depuis son retour de vacances (depuis toujours?) commencera enfin.

Journal de Charles

JE SENTAIS VENIR depuis longtemps cet ultimatum que K m'a lancé hier. Ce n'était en somme qu'une question de temps parce que je m'obstinais à lui refuser ce qu'elle me demandait et qui était fort simple. Elle a dit, au téléphone, comme si elle préférait toujours mettre une distance entre nous lorsque vient le temps de rompre :

« Soit nous vivons ensemble tout de suite, soit nous nous séparons, c'est à prendre ou à laisser. »

J'ai dit la phrase classique, qui doit leur lever le cœur, lorsqu'elle ne le leur brise pas :

« Je ne me sens pas prêt. »

Je sais que ça ne veut rien dire, mais K, à qui on n'a pas à faire un dessin, a quand même compris que je ne voulais pas, que je ne voudrais jamais ce qu'elle désirait et elle a raccroché sans même dire un mot.

Journal de Lisa

HIER, après des heures d'angoisse, comme je n'avais pas parlé à Jean-Jacques depuis trois jours et que je me languissais, je suis sortie de chez moi presque comme une voleuse et, depuis une boîte téléphonique qui m'assurait l'anonymat, j'ai téléphoné chez lui. Il n'était pas tard, neuf heures seulement. Ce n'est pas lui qui a répondu mais une femme, sans doute la sienne et qui, je dois l'avouer, a une voix très belle. J'ai été surprise mais, sur le coup, je me suis demandé pourquoi je ne lui parlais pas. Pourquoi ne pas lui dire la vérité, toute la vérité, rien que la vérité pour qu'elle sache à quoi s'en tenir au sujet de son mariage ?

Ne serait-ce pas un service à rendre à Jean-Jacques ?

Et à elle, au fond, parce qu'elle pourrait refaire sa vie, ne pas perdre son temps avec un homme qui lui ment ? Mais je n'ai pas eu le courage et puis peut-être ce n'est pas une très bonne idée. Alors j'ai raccroché.

Mon problème n'était pas réglé parce que je voulais parler à Jean-Jacques, entendre le son de sa voix. Alors, au bout de cinq minutes, j'ai retéléphoné et je suis mieux tombée : c'est lui qui a répondu. D'abord j'ai hésité, puis j'ai dit que c'était moi et, tout de suite, il a mal réagi.

« Je t'avais dit de ne jamais téléphoner chez moi. Comment as-tu pu obtenir mon numéro de téléphone ?

— J'ai appelé à Suicide Secours, ai-je dit en plaisantant. »

Mais il ne l'a pas trouvée drôle, en tout cas il n'a pas ri. Il a dit à voix basse :

« Je ne peux pas te parler, je ne suis pas seul, je te parlerai au bureau demain. »

Puis il a ajouté, à voix haute, qu'il n'était pas intéressé à répondre à un sondage. J'ai compris que sa femme était dans les parages.

Il a raccroché avant que j'aie le temps de m'excuser, avant que j'aie le temps de lui dire que tout ce que je voulais, c'était entendre le son de sa voix parce que chez moi c'était le silence comme dans un monastère et je n'en pouvais plus.

Lorsque je suis revenue chez moi, je n'en menais pas large, et j'ai pensé à la voix de sa femme et je me suis dit qu'elle était distinguée et calme.

Ce n'était pas la voix d'une femme qui avait l'air de se douter de l'infidélité de son mari, pas la voix non plus d'une femme qui avait l'air troublé.

Peut-être que tout ce que Jean-Jacques m'avait dit était faux et archi-faux. Peut-être que cette histoire d'argent de famille de sa femme et de rachat de ses actions était une invention pour acheter du temps, pour que je me taise, pour que je patiente jusqu'à ce qu'il ait le temps de trouver une autre poire qui aurait moins d'exigences. Peut-être aussi — c'est horrible de banalité mais peut-être vrai — bien bêtement une poire qui aurait une poitrine plus voluptueuse : l'autre matin, au bureau, j'ai surpris son regard fixé sur le corsage de Patricia. Il y a des gens qui ont du front tout le tour de la tête, elle, elle a des seins tout le tour du corps, et elle ne se gêne pas pour les montrer, même si c'est plutôt inconvenant au bureau. Je ne dis pas qu'elle porte des décolletés plongeants, ce serait mal vu même si les hommes ne cesseraient de la regarder, mais souvent elle ne porte pas de soutien-gorge, c'est visible.

Pour une femme comme moi, ce ne serait pas très grave parce que la gravité n'a guère d'effet sur de si petites choses que mes seins mais, pour elle, c'est plutôt disgracieux : de quoi ont l'air ces seins libres qui s'agitent lorsqu'elle marche d'un pas délibérément vif dans les corridors de la maison d'édition ? C'est quelque chose que tous les hommes regardent. Et, malheureusement, Jean-Jacques ne fait pas exception.

Un soir, après l'amour, sa tête reposait sur ma poitrine (pas très coussinée !) et je l'ai questionné sur ses préférences en disant que tous les hommes aiment les gros seins :

« Toi, ça ne te fait rien de te contenter de deux aspirines ? (J'exagère mais à peine !) »

D'abord, il a fait un mauvais jeu de mots, il a dit :

« Il faut avaler sa pilule. »

Comme j'en prenais ombrage, malgré la plaisanterie, il a ajouté :

« Tes seins, ils me rendent fou ! »

Il m'a alors fait ce qu'aucun homme ne m'avait fait avant et que tous les hommes doivent faire seulement à celles qui portent une taille de grandes personnes. Il a roulé sur moi, a serré mes petits seins entre ses mains, et il s'est frotté entre eux jusqu'à la volupté. Je n'ai pas trop su au juste pourquoi il avait fait ça, si c'était sincère, ou juste pour me prouver que je m'en faisais pour rien. Va savoir avec les hommes, surtout quand ils sont mariés !

9 heures du soir

JE N'AI TOUJOURS PAS REÇU mes billets de l'agence, pour le voyage à Paris, mais Jean-Jacques m'a rassurée :

« Si tu ne les as pas encore, c'est que je les ai fait changer pour des billets de première classe. J'ai fait de bonnes affaires à New York. Il va falloir prendre les billets à l'aéroport le jour de notre départ. »

Paris... en première classe !

Décidément, il sait faire les choses en grand.

Et s'il a fait de bonnes affaires à New York, malgré ce procès qui lui pend toujours au nez, c'est sans doute que les choses se replacent. Peut-être n'aura-t-il plus autant besoin de sa femme, et alors peut-être pourra-t-il divorcer sans se préoccuper de l'avenir de la maison d'édition.

6 septembre

VENDREDI DERNIER — j'oubliais de le noter —, j'ai dit à papa que je partais. Je ne lui ai évidemment pas dit que c'était pour Paris. Parce que, bien entendu, il sait que Jean-Jacques y va, et il aurait fait deux plus deux égalent quatre. Il a fallu que je mente, comme d'ailleurs j'ai menti à maman. Je lui ai dit que je partais une semaine à New York. J'aurais pu choisir le Mexique, ou une île, mais comme je ne reviendrai pas très bronzée de Paris, papa comprendrait que j'ai menti.

Mon annonce l'a surpris. Doublement. Il a dit :

« Tu as obtenu une semaine de vacances à peine six mois après être entrée dans la boîte ? »

Je n'avais pas pensé à cette objection. J'ai bafouillé que je ne voyais pas ce que ça avait d'extraordinaire. Il a ajouté :

« De mon temps, il fallait avoir travaillé au moins un an.

— Les temps ont changé, papa.

— Sans indiscrétion, tu pars seule ? m'a-t-il demandé.

— Oui.

— Une jeune fille seule à New York, je ne suis pas sûr d'aimer ça. Tu sais, tu pourrais partir avec Esther ? me propose-t-il.

— Nous sommes brouillées.

— Veux-tu que j'aille avec toi ? »

J'ai fait la moue.

« C'est vrai, j'oubliais que partir en vacances avec son vieux papa, ce n'est pas la chose la plus excitante du monde, n'est-ce pas ? »

J'ai protesté.

« Papa, tu n'es pas vieux, tu es même le papa le plus *cool* que je connaisse.

— En tout cas, tu vas me promettre de m'appeler tous les soirs. À frais virés si tu veux. »

— Même avec le décalage horaire ?

— Il n'y a pas de décalage horaire entre Montréal et New York.

— C'est vrai, que je suis bête ! »

Évidemment, je pensais à Paris, quelle gaffe ! Puis il a fouillé dans sa poche, en a tiré un carnet, m'a signé un chèque qu'il m'a remis : un chèque de deux cents dollars !

« Je ne comprends pas, pourquoi tu me donnes ça ?

— C'est pour les taxis, je veux que tu me promettes de te déplacer tout le temps en taxi, surtout le soir.

— Je te le promets, mon petit papa. »

Et je lui ai sauté au cou pour le remercier en pensant que deux cents dollars d'argent de poche de plus à Paris, ce ne serait pas de trop.

Puis papa m'a regardée dans les yeux, sans rien dire et je voyais à quel point il m'aimait, et je me sentais un peu mal à l'aise de lui mentir : mais avais-je vraiment le choix ? Puis papa a dit :

« Amuse-toi bien, ma petite chérie, mais sois prudente, sois prudente, parce que tu es ce que j'ai de plus précieux et s'il t'arrivait quelque chose, je ne sais pas ce que je deviendrais. »

7 septembre

C'EST AUJOURD'HUI que nous partons.
Pour Paris.
En première classe.
Je n'en reviens pas.
J'ai eu raison de me montrer patiente.
Toute seule avec Jean-Jacques.
Pendant sept jours
À Paris.
Sans boulot.
Sans sa femme.
Sans rien.
Libres !
Je n'en reviens pas.
Un peu plus tôt ce matin, je suis allée porter George à ma vieille voisine d'en face, qui ne me refuse jamais un service. Surtout pour George, car elle adore les chats.

14 septembre

JE SUIS REVENUE de Paris il y a quelques heures.

Je suis éblouie. Il me semble que je vis sur un nuage.

Jean-Jacques a été exquis.

Il a été l'homme qu'il ne pouvait être à Montréal : sa femme ne le laisse pas respirer et fait tout en son pouvoir pour lui compliquer la vie parce qu'elle lui en veut de divorcer.

Il m'a amenée partout : dans les meilleurs restaurants, les plus belles boutiques et il m'a habillée des pieds à la tête.

M'a déshabillée aussi.

Si souvent que je ne compte plus les fois.

On dit que Paris est la ville des amoureux : c'est vrai.

Mais le plus important, c'est que, maintenant, je sais. Je sais qu'il m'aime, et qu'il faut me montrer patiente. Lorsqu'il aura réglé son divorce, il pourra me consacrer tout son temps, comme il l'a fait à Paris. Alors nous serons enfin heureux ensemble.

Journal de Charles

Toujours pas de nouvelles de K. Cette fois-ci, je crois bien que c'est terminé.

Je m'ennuie d'elle mais lorsque nous étions ensemble, souvent je m'ennuyais.

Paradoxe de l'amour.

Hier, j'ai accroché au mur de mon bureau — celui à la maison, pas au travail — des photos de K que je m'obstinais, par esprit de contradiction ou par pure méchanceté, à ne pas afficher durant notre liaison, ce dont elle se plaignait, comme si je voulais la nier, faire d'elle la femme invisible : je n'ai jamais dit que je n'étais pas compliqué !

Des fois, surtout tard le soir, lorsque je suis frappé d'insomnie et ne dors pas, malgré l'ennui mortel et non pas (hélas !) assez soporifique que procure la lecture de quelque manuscrit, je pense à elle en des scènes de la vie conjugale d'une troublante précision, presque hallucinantes.

Parfois, je devenais hermaphrodite, ses fines jambes encerclaient mes reins, je la soulevais commodément, tant elle était légère, et, uni à elle, je devenais un animal bizarre que n'aurait pas renié Platon, qui a tout dit sur l'origine de l'amour : c'est la recherche de notre autre moitié à laquelle on était accroché dans la nuit des temps et à laquelle, selon les statistiques, on cherche à se ressouder deux nuits par semaine, au début, et de moins en moins lorsqu'on entre dans le troisième ou le quatrième degré du désir.

Bipède à quatre pattes, dans mon transport amoureux, je me déplaçais jusqu'au mur le plus proche, *in a theater near you* comme ils disent dans les réclames américaines, et nous y faisions notre cinéma, et c'était mieux que *Rambo*.

Un mur contre lequel je plaquais K pour l'empaler comme si je la prenais contre son gré, et elle jouait le jeu et criait :

« Non, non, pas ça. »

Et moi je savais qu'elle me suppliait.

Ou encore je la posais, oiseau magique qui m'enveloppait de ses fébriles ailes nues, sur le coin de mon bureau, où je la laissais sans protester déplacer, et même, dans sa furie, jeter par terre quelque gros manuscrit dont les feuillets volaient, plats nuages de l'ennui : agréable manière d'interrompre un pensum. Que m'importait de perdre le fil de l'histoire puisque je perdais enfin la tête, et ça ne faisait pas semblant d'être un roman.

Debout contre le mur de sa chambre, K qui prenait ma tête à deux mains, me suppliait de la prendre, la plupart du temps en anglais, car elle avait vécu sept ans à New York où elle avait fait son bac. Ses *fuck me, please* étaient une poésie qui entraient en moi comme Rimbaud dans une anthologie.

D'elle.

K.

Qui hurlait *fuck me, please,* et se répétait jusqu'à ce que j'obtempère si, par quelque torture par elle admise, je tardais à la prendre.

Sur le divan oriental, les poses indécentes qu'elle prenait le plus naturellement du monde, pour me provoquer, et chaque fois elle réussissait, comme elle réussit encore dans l'absence...

Parfois, simplement, elle s'assoyait avec sa jupette déjà trop courte lorsqu'elle était debout, comme si je n'étais pas là, elle écartait innocemment les jambes en écoutant la télé et, comme par hasard, elle ne portait pas de slip. Alors je la voyais, je voyais l'intérieur de ses cuisses, je voyais son duvet, je voyais cette rose même entre ses lèvres, humide à souhait, comme une prière. Et cette pose, en apparence involontaire, me paraissait plus troublante que si elle s'était offerte, nue devant moi. C'était tout à coup comme si elle se métamorphosait en une étrangère, une étrangère qui aurait été seule, chez elle, ou chez moi, et que je surprenais, et que je pouvais prendre tout de suite après. Femme de rêve, femme idéale : étrangère mais aussi maîtresse ancienne qui connaissait sur le bout des doigts la nuit de mes plus secrets émois.

Ou bien parfois, perversion suprême, un regard, un seul regard d'elle, au moment où je m'y attendais le moins, durant un repas chez des amis, ou dans la salle d'essayage d'un magasin. Un seul regard mais dans lequel elle avait l'art mystérieux de faire passer tout le souvenir de nos étreintes passées, toute la promesse de nos ébats futurs.

Une envie furieuse s'empare de moi de lui téléphoner, mieux encore, de la surprendre chez elle, de passer la nuit dans ses bras. Mais il ne vaut mieux pas puisque ce qu'elle me demande depuis le début, je ne peux toujours pas le lui donner, et je lui ferais perdre son temps. Elle en a déjà assez perdu avec moi. Elle est jeune, c'est vrai, seulement trente-cinq ans, mais la vie est courte, et plus courte encore la saison de l'amour vrai. C'est du moins ce que nous disent les femmes, qui nous reprochent toujours de leur avoir volé leur jeunesse, comme si nous n'usions pas la nôtre entre leurs jambes !

Heureusement, c'est la rentrée littéraire à la maison d'édition. Et je suis débordé. Lorsque je ne pense pas à K, je ne souffre pas. Telle est l'utilité du travail qui, comme disait Voltaire, éloigne de nous trois grands maux : le vice, la misère et... quel était le troisième ? l'ennui ?

Je ne me souviens plus.

Journal de Lisa

MALGRÉ L'EXALTATION DE MON RETOUR DE PARIS, la nuit dernière j'ai encore fait ce rêve étrange, ce rêve à répétition, avec cette forme noire, cette ombre maléfique qui me poursuit. Un grand vent soufflait comme avant une nuit d'orage, et il m'a semblé entendre un grand cri du fond de la nuit. Et il m'a semblé que cette voix lointaine était la mienne.

Il y avait aussi la voix de la femme de Jean-Jacques, sa belle voix, mais qui, cette fois, n'était pas aussi sereine, qui était troublée, qui prononçait mon nom et qui disait pourquoi fais-tu ça? Ne sais-tu pas que je l'aime moi aussi?

Et alors, dans mon rêve, j'ai pensé à ce que je n'avais jamais pensé: qu'elle l'aimait peut-être, qu'elle se battait peut-être pour le garder et que j'étais une ennemie, une voleuse de mari. L'expression est risible, je sais, mais n'est-ce pas la vérité?

Une voleuse de mari?

Il ne semble pas que le vol s'accomplisse aisément pour le moment.

Dans le rêve, qui s'est poursuivi plus tard dans la nuit, la femme de Jean-Jacques m'est apparue dans un lac, elle était très belle, elle se noyait et elle prononçait mon nom en me tendant des mains suppliantes. Et moi, je ne savais que faire parce que c'était elle ou moi qui mourrait et celle qui survivrait se retrouverait avec Jean-Jacques. Un meurtre. N'est-ce pas un prix un peu trop élevé, pour conquérir un amour ?

Lorsque je me suis réveillée, en pleine nuit, j'étais en nage comme si, précisément, j'avais moi-même plongé dans ce lac où se noyait ma rivale. J'ai eu envie tout de suite de téléphoner à Pauline, mais il était trois heures de la nuit et je me suis dit que ça pouvait attendre à demain. Je me suis rendormie mais le matin, je me suis demandé ce qu'elle pourrait me dire que je ne sais déjà : que je me sens coupable d'avoir une liaison (même boiteuse) avec un homme marié. Qu'est-ce qu'elle pourrait me dire qu'elle ne m'ait déjà dit ? Qu'il y a pour moi un danger dans cette histoire, un grand danger qu'elle a pressenti. Qu'il faut faire le bon choix si je ne veux pas avoir de chagrin. Il n'y a pas de mystère, ta vie c'est ça.

Mais est-ce qu'on peut vraiment choisir l'homme qu'on aime ?

2 octobre, neuf heures du soir

DEPUIS QUE JE SUIS REVENUE DE PARIS, Jean-Jacques n'est plus le même. Il est redevenu l'homme pressé et absent qu'il était. L'homme marié, quoi. En deux semaines, nous ne nous sommes vus que trois fois et nous n'avons fait l'amour qu'à la sauvette. Une fois. Et c'était bien ordinaire.

Parfois, je me dis que Paris n'a jamais existé. Que notre voyage n'a été qu'une illusion, et moi la dernière des naïves. Je croyais que c'était le début d'une vie nouvelle pour nous deux, mais, pour lui, ça n'a peut-être été qu'une petite parenthèse dans sa vie (étouffante) d'homme marié.

Qui reste marié.

Et n'a pas encore quitté sa femme.

Et ne la quittera peut-être jamais.

Oui, parfois, je me dis que je devrais mettre un terme à cette histoire ridicule qui me tue et me fait perdre mon temps.

Mais il me semble que j'en suis incapable, que je n'en ai pas la force.

Ce soir, pourtant, j'ai eu une petite lueur d'espoir. Maman m'a téléphoné, comme elle le fait quatre ou cinq fois par semaine lorsque ce n'est pas tous les jours, et elle m'a dit :

« J'ai quelque chose à t'annoncer : je me marie au mois de janvier.

— Hein ? Tu te maries au mois de janvier ? Tu ne trouves pas que c'est un peu rapide ? Vous vous êtes rencontrés quand ?

— Il y a un an.

— Il y a un an ? Et tu ne m'en as jamais parlé ?

— Non, je... je ne pouvais pas. Enfin, je ne voulais pas, pour ne pas te donner le mauvais exemple.

— Je ne suis pas sûre que je te suis maman, tu vas épouser qui, au juste ?

— Mon patron.

— Ton patron ?

— Oui, il est marié, enfin, il était marié. Il a obtenu son divorce la semaine dernière. »

J'étais éberluée. Je me suis mise à pleurer de joie. Maman qui se remariait après avoir été seule si long-temps. Et moi qui pensais qu'elle aimait encore papa, qu'elle ne referait jamais sa vie !

Cette nouvelle m'a redonné espoir au sujet de Jean-Jacques : si ma mère a réussi avec un homme marié, pourquoi ne réussirais-je pas ?

14 octobre

LE REGAIN DE CONFIANCE que m'a insufflé la nouvelle du mariage de maman a été de courte durée.

Pendant les deux dernières semaines, je n'ai pour ainsi dire pas vu Jean-Jacques qui a beaucoup voyagé, beaucoup travaillé et sans doute beaucoup passé de temps avec sa femme parce qu'il n'en a guère passé avec moi.

À trois ou quatre reprises, esseulée, j'ai téléphoné à Philippe. J'avais envie de parler à quelqu'un et il est la seule personne à qui je peux me confier.

Il était ravi et surpris.

Il a tout de suite proposé que nous nous voyions, mais j'ai refusé. Je voulais seulement lui parler.

Une fois, on a parlé pendant trois heures.

Une autre fois jusqu'à une heure du matin.

Je lui ai demandé ce qu'il pensait de la situation, si je devais quitter Jean-Jacques ou non. Il m'a surprise.

« Dans ce genre de situations, m'a-t-il dit, on ne sait jamais, c'est plus difficile que lorsqu'on est seulement deux, c'est comme une équation à trois inconnues. Il n'y a pas seulement toi, il n'y a pas seulement lui, il y a elle aussi, sa femme.

— C'est vrai, ai-je répondu.»

Et je pensais à tout ce que Jean-Jacques m'avait dit à son sujet : qu'elle détenait des actions de sa maison d'édition, qu'elle pouvait le mettre en difficultés. Puis Philippe a dit, de sa voix rassurante et calme :

«Avec le temps tout s'arrange, essaie juste de ne pas perdre trop de plumes. Je n'ai pas de conseils à te donner parce que je ne connais pas l'avenir, et je sais que l'amour, ce n'est pas la bourse, mais moi, avec mes clients, je décide toujours d'avance d'un stop. Lorsque la valeur d'une action descend en dessous d'un certain seuil, je vends automatiquement pour limiter les dégâts. Que ce soit avec un homme marié ou avec n'importe qui, je pense que, quand tu perds trop, il faut que tu vendes, si tu vois ce que je veux dire.

— Oui je pense que je vois, mais les affaires de cœur, ce n'est pas aussi simple que les affaires tout court.»

Il a dit :

«Oui je sais.

— Mais toi, cordonnier mal chaussé, avec moi, pourquoi est-ce que tu ne vends pas?» ai-je ajouté.

Il s'est mis à rire et il n'a pas répondu tout de suite. Puis, il a dit qu'il ne pouvait quand même pas me donner tous ses secrets d'un seul coup, que je n'allais plus le consulter. Encore une fois je l'ai aimé, pas d'amour vrai qui fait mal, mais d'un amour qui fait du bien. Et j'ai pensé que c'est un véritable ami parce que, dans sa situation, la plupart des hommes m'auraient dit de quitter cet homme marié qui me fait perdre mon temps et qui me rend malheureuse.

Plus tard dans la soirée

Hier, après une brève visite à mon appartement (une demi-heure, c'est vraiment la famine !) où Jean-Jacques a repoussé mes discrètes avances parce qu'il était fatigué, je lui ai dit, juste avant qu'il parte :

« Il faut qu'on parle Jean-Jacques, il faut qu'on se parle, ça ne peut plus durer ainsi. Moi je ne suis plus capable. Tu arrives ici en vitesse, tu me fais l'amour à la sauvette, et tu repars et, moi, le reste du temps je t'attends. »

Il n'a pas répondu ce que je voulais entendre. Il refaisait en se pressant le nœud de sa cravate et il a dit :

« Est-ce que tu préfères qu'on se quitte, tu me lances un ultimatum ?

— Non, mais il faut que tu comprennes. »

Et il a répliqué :

« Toi aussi il faudrait que tu comprennes, il faudrait que tu comprennes tout ce que je traverse et que ce ne peut pas être toujours le feu d'artifice avec un procès d'un quart de million sur les bras, des procédures de divorce qui traînent et ma boîte que je risque de perdre si je ne fais pas attention, sans compter tout le monde de l'édition qui est en implosion. »

Je n'étais pas trop sûre de ce qu'il voulait dire par implosion, mais je me suis dit que ça devait vouloir dire le contraire d'explosion. Donc ce n'est pas bon. Et, de toute manière, le monde de l'édition, je commençais à m'en foutre et je croyais de moins en moins que j'allais y finir ma vie.

La discussion n'allait pas comme je le voulais mais je me suis dit qu'il fallait bien, un jour ou l'autre, crever l'abcès. Jean-Jacques avait enfin noué sa cravate, passé sa veste et il avait l'air plus fermé, plus dur que jamais et j'ai senti qu'il ne fallait pas que je pousse plus loin. Peut-être allait-il mettre un point final à notre histoire, qui n'avait peut-être jamais commencé en dehors de mon esprit. La seule chose qu'il voulait de moi, c'était peut-être un peu de cul à l'occasion, quand il en avait envie, quand ça ne le dérangeait pas et juste pour se donner l'impression qu'il n'était pas comme tous les autres hommes mariés qui ont la corde au cou. Ou pour faire chier sa femme, qui le faisait chier avec ces actions qu'elle avait supposément. Va savoir.

Journal de Charles

Ces jours derniers, une invitation fort bienvenue de la part de notre principal imprimeur. J'ai passé en effet la fin de semaine à la chasse aux canards, avec quatre ou cinq collègues éditeurs et autant d'employés de l'imprimerie. Je ne suis pas amateur de chasse aux canards. Ni de chasse, un point c'est tout.

Sur le coup, je tergiversais : la chasse aux canards, à cinq heures du matin, les pieds dans l'eau froide d'un lac du Nord, le nez entre les joncs... Mais la perspective de passer la fin de semaine seul, à me morfondre sans K qui me manque, m'a poussé à accepter. Comme j'avais tout de même exprimé une hésitation au téléphone, le représentant de l'imprimeur a ajouté :

« On va être bien, une fin de semaine complète sans femmes. »

Une fin de semaine complète sans femmes, amusant, non ?

J'ai finalement accepté mais pour les raisons opposées. L'idée de passer quelques jours sans femmes me déprimait. Bien sûr, j'aurais pu me remettre à la chasse (j'emploie le mot à tort !) mais je n'en avais pas envie, et je me disais que K ne m'avait quitté que sur un coup de tête, que, finalement, elle me reviendrait. Mais comme elle n'avait toujours pas donné signe de vie, le vendredi à cinq heures, alors à six heures trente, j'ai pris le petit avion privé qui nous amenait vers Mont-Laurier où, paraît-il, les canards abondent en ce temps de l'année.

Une fin de semaine complète sans femmes...

C'est vrai qu'il n'y avait pas de femmes. (Même le cuisinier de service était un homme, et ce n'était pas le tablier qu'il portait en permanence qui aurait pu nous en faire douter : il affichait une barbe longue de trois jours et de véritables pattes d'ours !) Il n'y avait pas de femmes, mais les chasseurs ont passé tout ce temps à parler... de femmes !

Moi, même si je pensais à K malgré l'éloignement et le charme discutable du Nord, je ne disais rien. De toute manière, auraient-ils compris que je puisse être chagriné par l'abandon d'une femme qui n'était pas mon genre et avec qui je n'avais jamais songé sérieusement à refaire ma vie ?

Et puis, de toute manière, ils ne connaissaient pas K, je ne l'avais présentée à aucun de mes collègues, ce qui n'était pas sans la chagriner parce qu'elle me reprochait souvent de vouloir la cacher, comme si j'avais honte d'elle, comme si je n'étais pas assez fier d'elle, et ne voulais pas vraiment l'intégrer à ma vie. Nous ne voyions en fait que Jean et Z.

Il y avait du vrai dans ces accusations, comme dans toutes les accusations de K, qui était fine mouche, mais il y avait aussi que je préférais passer pour célibataire : les autres couples vous sollicitent moins surtout si, comme moi, vous avez mauvaise réputation et vous évitez l'obligation de ces échanges interminables d'invitations pour des repas, des soirées...

J'ai toujours préféré être seul avec une femme ou seul avec moi-même. (Il y a des exceptions, comme cette fin

de semaine, mais elles confirment ce qui a fini par
devenir une règle dans ma vie.) Je sais, je passe pour un
individualiste, voire un égocentrique, mais c'est un faible
prix à payer pour rester maître de ma vie. Je veux dire du
peu qu'il m'en reste, de mes temps libres en somme, qui
justement, par définition, devraient être vraiment libres
parce qu'il y a déjà cinquante heures par semaine que je
ne vois pas passer puisque je les abandonne au sommeil
et cinquante autres qui ne m'appartiennent pas parce
qu'elles appartiennent d'office à mon patron. Alors mes
heures de loisir, je n'aime pas les laisser à la merci des
autres, à moins que ce ne soit une femme.

Oui, j'ai toujours préféré la solitude à la vie mon-
daine. Et j'ai toujours préféré à la conversation, même
fort animée, avec mes relations, celle des gens célèbres
mais absents, mais morts. Tous les auteurs ne sont pas
fascinants, c'est vrai, mais on peut, eux, les congédier à
n'importe quel moment en refermant tout simplement le
livre où ils se livrent.

Oui, drôle de fin de semaine.

Je n'ai pas dit : fin de semaine drôle.

Je ne suis pas fait pour rester trop longtemps avec
une bande d'hommes : invariablement, par contraste, les
femmes finissent par me manquer.

Pourtant, j'avoue que j'ai pensé un peu moins à K.

Et j'ai eu la confirmation de ce dont je me doutais
déjà : je n'ai aucun goût ni aucun talent pour la chasse.
Mes collègues aussi l'ont découvert rapidement et je ne
suis pas certain qu'ils vont m'inviter à nouveau. Il faut
être patient à la chasse, et moi, immanquablement,
j'ouvrais le feu trop vite, avant que les canards ne se
posent ou ne s'approchent suffisamment.

Le deuxième matin, je ne sais pas pourquoi, mon
réveille-matin, que j'avais pourtant la veille réglé

précautionneusement, n'a pas sonné et, lorsque je me suis réveillé vers huit heures, tous les autres étaient déjà partis pour la chasse. Heureusement, j'avais apporté dans ma valise *Le temps retrouvé* que j'ai lu au moins cinq ou six fois : c'est un de mes sports préférés de relire, à diverses périodes de ma vie, certains grands livres que j'ai aimés et qui, chaque fois, invariablement, par quelque mystère dont la clé m'échappe, me montrent une nouvelle facette de leur inépuisable richesse, et aussi, des défauts que je n'avais pas décelés avant : rien n'est parfait.

Malgré mon peu de disposition pour la chasse, l'imprimeur, qui était enchanté de sa deuxième journée fort fructueuse puisqu'elle s'était déroulée sans moi, insista pourtant pour que je conserve le fusil qu'il m'avait remis à mon arrivée — comme à tous ses invités —, un fusil de calibre .410, de même qu'une grosse boîte de cartouches.

« Pour la chasse aux auteurs », a-t-il plaisanté.

La chasse aux auteurs...

Comme si on pouvait les attirer autrement — je veux dire ceux qui ont un public — que par des contrats mirobolants ! Quinze ans d'expérience m'ont appris ceci : plus les ventes d'un auteur sont importantes, moins on parle de littérature. Et dire que j'avais embrassé ce métier parce que je voulais fuir les affaires auxquelles mon regretté père me destinait, je crois : la vie vous rattrape toujours !

Le dimanche soir, lorsque je suis arrivé chez moi, je me suis précipité sur mon répondeur, mais rien.

K n'avait pas appelé.

Déprimant.

Mais pas assez tout de même pour utiliser contre moi l'arme meurtrière (pas pour les canards en tout cas !) dont on venait de me faire cadeau.

Non, à la place, je l'ai accrochée au-dessus de la fausse cheminée de mon salon, à deux clous qui n'avaient jamais servi et qui semblaient destinés à l'accueillir. C'était peut-être à cet usage que le précédent locataire les avait réservés. J'ai laissé la boîte de cartouches sur le manteau de la cheminée, bien en vue.

Comme si j'étais un grand chasseur...

Et je me suis servi un verre de Côte de Brouilly, que j'ai humé et bu fort lentement, comme si j'étais entre les jambes de K que j'ai humée et bue tant de fois.

Oui, plus la bouteille se vidait, plus ma tête s'emplissait de souvenirs de K. Je pensais à ce qu'elle me faisait si complaisamment sans même que je le lui demande, et qu'elle ne me fait plus, parce que, dans ma grande intelligence, je l'ai laissée partir sans protester.

Journal de Lisa

19 octobre, sept heures trente du soir

JE SUIS PARTIE TÔT du lancement. Même si tout m'y retenait, même si tout le reste m'indifférait, comme le monde pour Dostoïevski qui aurait dit (et je l'adorerais juste pour ça, cet idiot de génie!): «Que le monde entier périsse pourvu qu'on me serve mon thé!»

Mon thé au Sahara.

Que Jean-Jacques ne me sert plus.

Parce qu'il est trop pris, c'est ce qu'il dit.

Ou parce qu'il le sert à une autre, va savoir...

Oui, je suis partie avant de faire une folle de moi, de lui sauter à la gorge en lui disant parle-moi, ou de me mettre à pleurer, paraît que ce n'est pas bon pour son image et ses relations. Et puis papa se serait posé des questions.

Oui, j'ai filé à l'anglaise. Mais ce n'est pas parce qu'on lançait une traduction d'une auteure qui parlait un français très approximatif, mais qui avait une bonne traductrice: elle gagnera peut-être un prix, si elle a de bonnes relations (sexuelles ou autres), il n'y a que ça, c'est en tout cas ce que dit papa...

Je suis partie non pas parce que, comme papa, j'ai déjà ma surdose de ce genre d'événements, mais parce

que j'avais ma surdose de la conduite de Jean-Jacques.
Jean-Jacques naguère si présent, si enveloppant, si enva-
hissant. Jean-Jacques que j'ai dans la peau, dans le sang,
dans le cœur, dans le sexe, et qui fait tout pour m'éviter,
c'est évident.

Il croit peut-être que je suis dupe, que je pense que
c'est au nom de la discrétion qu'il met ses bottes de sept
lieues et qu'il fait, pour éviter de me parler, des détours de
cent kilomètres dans la salle de réception, pourtant lilli-
putienne, de la maison d'édition : c'est pour donner l'impression que c'est un succès, même s'il n'y a que
quarante-trois personnes, surtout les belles-sœurs de l'auteur, qui ne sont pas aussi célèbres que celles de Tremblay.

Je suis partie tôt parce que je pensais à ce lancement
au Ritz, il y a à peine quelques mois, ce lancement où
tout avait commencé entre Jean-Jacques et moi. Comme
il était prévenant, et maintenant, visiblement, il me fuit,
je l'agace. Il tente même de me faire sortir de mes gonds
en parlant à cette gonzesse de Patricia qui, comme
attachée de presse doit, par conséquent, être de service
dans tous les lancements. Mais doit-il pour autant lui
accorder toute son attention ?

Je sais, elle ne demande pas mieux, elle jubile, elle
jouit, on dirait même un clapotis là où je pense. Comme
un vilain vautour, elle ne semble attendre qu'un signe
pour se ruer sur nos amours mortes, un signe de lui pour
me remplacer, si ce n'est déjà fait. Lorsqu'elle passe
devant moi, maintenant, lorsqu'elle me sourit, ce n'est
pas avec un air outré, c'est avec une sorte de petite victoire sur ses lèvres trop barbouillées, une sorte de con-
descendance comme si j'étais une vaincue, comme si
c'était son cul qui avait triomphé et que ses seins, qu'elle
étale comme des pamplemousses bon marché, avaient eu
le dernier mot : il faut dire que je ne fais pas le poids, si

c'est cela qui pèse le plus dans la balance de Jean-Jacques.

Qu'est-ce qui les attire en nous, au fond?

Qu'est-ce qui les retient?

Et qu'est-ce qui les éloigne au bout d'un certain temps?

À l'appartement, j'ai retrouvé George qui, elle, est toujours là, qui, elle, ne me fuit pas et qui vient tout de suite se blottir contre moi, comme si elle savait tout de l'ignominie des hommes, même si elle ne connaît pas le mot vu qu'elle n'est pas obligée, comme moi, de lire nos auteurs les plus songés. J'ai ouvert une bouteille de mon petit cabernet sauvignon préféré, The Monterey Vineyard (c'est pas tous les jours les grands bordeaux, bordel!), et pendant quelques secondes, il m'a semblé que je n'étais pas si malheureuse, que les choses allaient s'arranger.

Puis à un moment, ma bouteille était vide. Alors j'ai pensé à Jean-Jacques — je ne vois pas pourquoi je dis ça parce que je ne faisais que ça, penser à lui! — oui, j'ai pensé à lui avec des sentiments ambivalents: je voulais le serrer dans mes bras, mais le serrer si fort qu'il ne survivrait pas!

J'avais mis Bécaud qui est démodé, paraît-il. Moi, les immortels, je trouve qu'ils ne vieillissent pas. J'aime mieux quelque chose de vieux et de beau que quelque chose de jeune et de laid: tiens, c'est peut-être pour ça que j'aime Jean-Jacques!

J'ai écouté treize fois d'affilée *L'important c'est la rose...* À un moment, j'ai aperçu le bouquet que Jean-Jacques m'a donné au début et que j'avais suspendu à l'espagnolette de ma fenêtre pour le faire sécher parce qu'alors ça dure pour la vie (pauvre naïve!). Alors je suis tombée dans une colère rouge et noire. J'ai arraché le bouquet et je l'ai déchiqueté. Ça faisait plaisir et ça faisait mal. J'ai jeté une par une les roses par la fenêtre, mais je me suis arrêtée parce qu'il y en avait vingt-quatre et que je n'avais pas juste ça à faire.

Ma vieille voisine d'en face, qui me sert parfois le thé et qui sortait ses poubelles, m'a vue mais elle n'a rien dit, n'a même pas sourcillé. Elle a juste souri en ma direction, parce qu'elle comprend toujours tout. D'ailleurs elle sourit tout le temps, même si elle est veuve.

En jetant les fleurs, je pensais je ne l'aime plus, d'ailleurs je ne l'ai jamais aimé ce vieux con qui a presque le double de mon âge et un double menton. Je voulais juste me le taper, parce que, tout le monde le sait, c'est excitant de coucher avec son patron. Il peut bien aller se faire foutre, et sa femme qu'elle se le garde. Moi je veux m'amuser, je ne veux pas moisir à l'attendre et, dans vingt ans, pousser son fauteuil roulant en pensant à la vie que j'aurais pu avoir.

Mais quand j'ai vu un gamin qui ramassait les roses dans la ruelle, j'ai pensé que je ne les reverrais jamais plus. Je lui ai crié :

« Ne touche pas, elles sont à moi ! »

Et lui, comme il m'avait probablement vue les jeter par la fenêtre, il ne m'a pas écoutée, il a dû penser que j'étais folle. Il n'avait peut-être pas tort, et il est parti en vitesse avec le bouquet volé. J'ai pensé bof, c'est mieux ainsi. Elles rendront heureuse une autre femme, sans doute sa maman à qui son mari n'en offre plus parce qu'il est parti avec une autre, comme papa. Pour moi, elles ne veulent plus rien dire, ces roses, elles me font juste penser à ce que je veux oublier.

Journal de Charles

Hier après-midi, j'ai revu K par hasard. Soyons honnête, je l'ai aidé un peu, le hasard, lui qui en général ne fait pas de très grands efforts avec moi.

En effet, j'avais une course à faire dans son coin — pas celui du hasard mais de K, bien entendu ! Une course que j'aurais pu faire ailleurs, mais au lieu de prendre le plus court chemin, j'ai pris celui qui passait devant chez K : licence non pas poétique mais érotique, je veux dire à retardement.

Je l'ai vue, assise à son balcon. Elle fumait une cigarette. Je ne sais pas si elle m'a vu, je ne crois pas — je préfère qu'elle ne m'ait pas vu parce que ça pourrait lui donner des idées, des idées qui d'ailleurs pourraient être vraies !

Émotion, comme si c'était moins terminé que je ne le croyais. Il me semble que je la trouve belle, plus belle qu'avant et que peut-être maintenant, curieusement, elle est mon genre.

Oui, émotion, comme si tout un pan de mon passé me revenait, avec des rires, des sourires, des nuits, des après-midi aussi. Je me suis dit : c'est elle qui m'a quitté, c'est vrai, mais je n'aurais eu qu'à choisir la case « a » et non la case « b » lorsqu'elle m'a lancé son ultimatum. Et nous serions encore ensemble et je serais assis sur ce balcon avec elle.

Mais nous n'avons guère d'affinités.

Et suis-je vraiment amoureux d'elle ?

Lorsque je dis que je n'ai guère d'affinités avec elle, est-ce bien vrai ?

N'est-ce pas une manière commode et un peu facile de justifier ma banale envie de changement, de revivre avec une nouvelle femme les premiers degrés du désir ?

Car tout comme moi, elle adore le vin, et elle adore lire. Ce qui fait déjà deux choses en commun, sans compter le lit où on s'entend à merveille... Elle ne lit pas exactement la même chose que moi, mais faut-il lire le même livre en même temps, comme deux siamois, pour décréter que nous avons des goûts communs, que nous avons des affinités ? Elle adore les auteurs américains que je ne lis guère, mais elle m'a quand même fait réaliser qu'il existait une littérature américaine en dehors de Steinbeck et de Hemingway.

Elle m'a fait découvrir Auster, mais aussi le moins austère Nelson De Mille, dont j'ai adoré *The Gold Coast*. Et puis elle s'y connaît avec les livres, et elle les comprend même mieux que mon patron qui, du reste, n'y comprend rien sinon les chiffres de vente. Un jour, elle m'a dit que tel roman lui avait déplu parce que l'auteur avait laissé tomber trop longtemps la sous-intrigue amoureuse, et que, lorsqu'il la ramenait, deux cents pages plus tard, comme un cheveu sur la soupe, elle ne voulait plus rien dire, on avait tout oublié des commencements. Et puis, elle a ajouté : « Une sous-intrigue amoureuse, c'est important, non, dans une histoire ? »

Je ne suis pas sûr si elle voulait juste parler de littérature ou si elle voulait me passer un message en douce,
mais, tout de même, je l'ai trouvée futée, pour ne pas
dire savante : y en a-t-il beaucoup qui peuvent faire un
commentaire aussi technique, aussi juste ?

Alors, guère d'affinités ?

Devant son balcon, j'ai ralenti malgré moi, puis je me
suis dit, non, poursuis ton chemin, tu n'es pour elle
qu'une occasion de malheur.

Journal de Lisa

Douze jours que nous ne nous sommes pas vus.

Parce qu'il a toujours des empêchements.

Il devrait écrire « Comment trouver un empêchement quand vous ne voulez pas voir votre moitié ». Je suis sûre que ce serait un best-seller : les gens sont prêts à acheter n'importe quoi si le titre commence par *comment*, sauf si, ensuite, c'est écrit *roman*, c'est en tout cas ce que dit papa.

Moi, je commence à avoir des difficultés à le croire, Jean-Jacques, pas papa. Pourtant, s'il ne veut vraiment plus me voir, s'il en a assez de moi, pourquoi tout simplement ne me le dit-il pas ? De quoi a-t-il peur ? De me faire de la peine ? De me perdre ? Je suis une adulte après tout !

D'ailleurs le seul espoir qui me reste — et cette pensée me réconforte —, c'est qu'il pourrait me quitter quand il le veut et qu'il ne le fait pas.

Donc d'une certaine façon il tient à moi.

Maigre consolation, je sais, mais à quoi me rattacher d'autre sinon à ce raisonnement qui ne tient qu'à un fil, le fil d'Ariane, le fil de Lisa, mon fil à moi qui, peut-être, me permettra de remonter jusqu'à lui.

Dans le labyrinthe de sa vie.

D'homme marié.

Oui, douze jours que nous ne nous sommes pas vus.

Douze jours qui m'ont paru plus longs que douze mois...

Alors ce matin je me suis dit : c'est assez, il ne veut pas me parler, il ne prend pas mes appels au bureau — sa secrétaire a reçu des instructions formelles, j'en suis sûre ! —, il est toujours occupé et, bien entendu, je ne peux pas lui téléphoner chez lui. Alors, je vais aller le trouver dans ce bureau qui m'est interdit, comme si c'était le Pentagone, et je vais lui demander s'il veut continuer ou s'il préfère qu'on se quitte. Moi j'en ai assez, à la fin, de passer pour la dernière des dernières ! J'ai vingt et un ans et mon derrière, je peux l'offrir à un autre s'il préfère celui de sa femme ! Oui, je peux plaire à un autre homme qui est libre, qui est plus jeune, qui n'a pas de procès sur les bras et une femme qui le tient par les valseuses et qui le fait valser comme un pantin. Je peux avoir un autre homme qui ne demanderait pas mieux que de venir se réfugier dans mon lit tous les soirs et qui ne s'enfuirait pas avant le premier coup de minuit.

Lorsqu'il a tiré son coup.

Après, ça sert à quoi une maîtresse, hein ?

J'étais préparée, en somme, parce que cette tirade, je me la suis répétée dix fois dans ma tête comme un rôle de théâtre et, à la fin, je la connaissais par cœur, parce que c'était le rôle le plus important de ma vie : l'amour, ce n'est pas une comédie.

Quand, vers onze heures, je me suis présentée à son bureau, l'air décidé, le regard fixe, dans une sorte de transe guerrière, sa secrétaire, qui a tout de suite vu que je n'étais pas dans mon état normal, a dit :

« Vous ne pouvez pas le voir, il est occupé.

— Je m'en fous, je vais le voir quand même... »

Alors je suis entrée et, à ma surprise, je ne l'ai pas trouvé, mais il y avait une femme assise sur le canapé de son bureau, où il fait je ne sais quoi avec les femmes qu'il reçoit. Une femme très belle et très distinguée. Elle semblait avoir quarante ans, très bien conservée, sans doute grâce à des soins de beauté à cinq cents dollars la journée chez Lise Watier.

Une femme, qui a les cheveux blonds, parfaitement coiffés, et des yeux remarquables, des yeux très bleus. Elle n'a rien dit mais a esquissé un sourire, a soulevé un sourcil, intriguée par mon arrivée.

La secrétaire m'avait suivie dans le bureau et expliquait, désolée, qu'elle m'avait prévenue que M. Le Gardeur n'était pas seul, mais l'élégante dame qui portait un tailleur qui ne venait pas de La Friperie a tout de suite dit : « Ce n'est pas grave, laissez-nous. » Sa voix était calme et distinguée. Je l'ai reconnue : c'était sa femme.

J'ai été parcourue par un petit tremblement, je me suis dit : tu devrais peut-être prendre la poudre d'escampette. La secrétaire a dit :

« Bon, si vous le dites. Ah oui, j'oubliais. Votre chauffeur vient d'appeler pour dire qu'il était revenu de la petite course que vous l'aviez envoyé faire.

— Je vous remercie », a dit Mme Le Gardeur.

La secrétaire s'est retirée et Mme Le Gardeur m'a fait un drôle de sourire, comme si elle savait qui j'étais. J'ai gaffé, j'ai dit :

« Jean... M. Le Gardeur n'est pas là ?

— Non, dit-elle avec un peu de moquerie dans ses yeux si bleus, si impitoyables, mon mari est au petit coin. »

Elle avait désigné la deuxième porte du bureau, plus petite que la première parce qu'elle conduit au petit coin. Jean-Jacques a des toilettes dans son bureau, il ne daignerait pas s'abaisser à abaisser son pantalon au même endroit qu'un autre employé à moins, bien entendu, qu'il ne s'appelle... Patricia !

« Ah, je comprends, dis-je, je vais revenir.

— Non, non, restez, il ne devrait pas tarder, quoique depuis quelque temps il est plutôt constipé, avec tout ce qui lui arrive. »

Et elle paraissait s'amuser, non seulement de la constipation de son mari, mais de toute la situation : moi qui entrais en furie dans le bureau de son mari, et qui avais visiblement une conduite plutôt personnelle, trop personnelle pour être simplement professionnelle. Elle poursuivit :

« Vous avez l'air toute bouleversée, est-ce que je peux faire quelque chose pour vous ? Un verre d'eau ? »

Et elle désignait un très joli pot d'eau sur le bureau magnifique de Jean-Jacques. Son calme m'exaspérait et m'inquiétait, comme si elle savait, comme si Jean-Jacques lui avait déjà tout avoué.

« Non, je vous remercie, je... je crois que je vais revenir, vous direz à J... à M. Le Gardeur que je suis passée et que j'aimerais le voir.

— Mais vous ne m'avez pas dit votre nom...

— Je... mademoiselle Lisa.

— Mademoiselle Lisa... c'est charmant... Mais dites-moi, mademoiselle Lisa, il y a longtemps que mon mari et vous... »

Une pause perfide qui me trouble et elle poursuit :

« ... vous travaillez ensemble ?

— Euh, non, quelques mois. »

Une autre pause pendant laquelle elle me juge, me condamne. Je me sens dans mes petits souliers même si elle ne monte pas sur ses grands chevaux. Elle reste calme comme une femme qui est revenue de tout et c'est peut-être ce qui vous arrive forcément après dix années (ou je ne sais plus trop combien) de mariage avec Jean-Jacques.

« Écoutez, dit-elle, cessons ces politesses creuses, je vais vous parler de femme à femme... Vous m'avez l'air bien motivée, ma pauvre petite demoiselle, et je crois deviner la raison de votre visite... comment dire... si impérieuse, dans ce bureau qui doit vous impressionner parce que c'est celui du grand patron. Évidemment, le fait qu'il soit en ce moment aux toilettes ternit son prestige, mais que voulez-vous, il n'y a pas de grand homme pour son valet... ou sa femme. »

Je ne dis rien, interloquée par le tour de la conversation. Elle reprend :

« Je vous trouve sympathique, mademoiselle. Vous avez quoi... vingt ans ? Vingt-deux ans ?

— Vingt et un ans...

— Bon, l'âge du romantisme en somme, l'âge où l'on rêve en couleurs, surtout si on a les cheveux verts. D'ailleurs je vous félicite de ne pas avoir les cheveux rouges ou mauves mais blonds, comme celles de ma génération. Oui, vous êtes sympathique. Vous avez sûrement étudié en littérature, vous vous êtes endettée, puis vous avez décroché ce boulot, ce qui vous a excitée. Vous avez fait la connaissance de mon mari, ce qui vous a excitée encore plus, même s'il vous a sûrement ignorée au début, pendant ce qu'il appelle romantiquement la période d'incubation. Puis, il a fait semblant de vous remarquer tout d'un coup quand vous étiez mûre et moins fatigante à cueillir et puis, un beau soir, il vous a fait son film à grand déploiement, il vous a amenée au Ritz, où il a un abonnement, et il a enfin couché avec vous... Ou encore il est sur le point de le faire. Il a pris un peu plus son temps parce qu'il avait d'autres chattes à fouetter... Vous

m'arrêtez si ce que je vous dit *does not make sense...* »
achève-t-elle en anglais avec un sourire fin.

Moi, je ne dis rien, je suis trop chamboulée. Elle a
décrit avec une précision hallucinante les manœuvres de
séduction de Jean-Jacques. Comment a-t-elle pu deviner ? Jean-Jacques lui a-t-il tout raconté ? Ou bien est-ce
vraiment toujours le même cinéma : un vieux film qu'il
repasse si souvent que le scénario est connu, archi-
connu ? Même de sa femme.

Elle hoche la tête, à peine agacée par mon silence, par
ma réticence à tout lui avouer. Puis elle ajoute :

« Si je vous dis tout ça, c'est parce que vous m'êtes
sympathique, et je ne voudrais pas que vous vous fassiez
du mal... À votre âge, on croit encore à l'amour, c'est
même la seule chose qui nous intéresse vraiment, tandis
que pour mon mari, l'amour, c'est une démangeaison
dont il doit se soulager régulièrement en changeant le
plus souvent possible d'infirmière, car avec la même, le
remède ne fonctionne plus au bout d'un certain temps.
Il n'y a rien que j'aie pu faire, et il n'y a rien que vous
pourrez faire vous non plus, même s'il est un véritable
illusionniste pour vous faire croire le contraire. Il vous a
sans doute dit qu'il était sur le point de divorcer... Ça fait
dix ans que nous sommes mariés, et neuf ans qu'il est
sur le point de divorcer. Je vais bientôt lui facturer
une taxe pour rester sa femme parce qu'il se sert de moi
deux fois avec ses maîtresses : d'abord pour les séduire
en se plaignant de moi et ensuite pour les plaquer,
puisque, tout compte fait, un divorce le ruinerait. D'autant plus que divorcer pour une femme avec qui il a déjà
couché une douzaine de fois, c'est beaucoup moins
tentant. »

Elle s'arrête et me jauge, évalue l'impact (dévastateur) de sa tirade, puis elle reprend :

« Il vous a sûrement dit que je suis un monstre. Là-dessus, j'ai un copyright parce que c'est moi qui lui dis tout le temps que j'en suis un... Et il vous a sans doute dit, aussi — ça les fait toutes craquer —, qu'il vous amènerait bientôt à Paris, notez le mot clé : bientôt, à son appartement qui, en passant, m'appartient. D'ailleurs, ce n'est pas impossible qu'il vous y ait déjà amenée. Je sais qu'il y est allé en septembre dernier... Si vous savez déjà ce que je vous dis, ça peut rester un sport amusant. Mon mari, au lit, il est plutôt bien, enfin si j'en juge par le souvenir qu'il m'en reste... Mais si vous ignorez ce que je viens de vous expliquer, ça peut vous détruire, et c'est pour cette raison, uniquement pour cette raison, que je vous dis ces choses qui doivent vous étonner un peu puisqu'on ne se connaît pas. »

Comme je ne disais rien, elle poursuivit :

« Pour conclure, parce que je viens d'entendre la chasse d'eau, mon mari peut dire et faire bien des choses, mais il y a une chose qu'il ne fera jamais, et je crois que c'est important que vous le sachiez : il ne me quittera jamais. Les hommes ne trompent que les femmes qu'ils aiment : les autres, ils les quittent. Alors vous perdez votre temps. Trouvez-vous un jeune homme de votre âge qui vous épousera, vous achètera un petit bungalow en banlieue et vous fera 1,4 enfant pour être dans les statistiques. Il vous trompera dans trois ans, parce que vous aurez grossi ou enlaidi, comme lui d'ailleurs, mais, pour eux, ce n'est jamais la même chose. Oui, il vous trompera parce qu'ils finissent toujours par le faire. Vous divorcerez dans sept ans, parce que vous aurez fait la grave erreur de vous marier avant vingt-cinq ans. Là-dessus, les statistiques sont formelles. Vous aurez au moins aidé les statisticiens à confirmer leurs théories et vous aurez été heureuse pendant trois, quatre ou cinq ans, même si vous ne vous rendez pas compte tout de suite de ce qui se passe dans votre mariage. Avec Jean-Jacques, vous ne durerez pas plus que les autres : au bout de six mois, ça lui prend du sang neuf, et une nouvelle infirmière pour le lui donner. »

C'est à ce moment que Jean-Jacques est sorti de la salle de bains. Son visage était pourpre. Était-ce parce qu'il venait de souffrir les affres de la constipation ou parce qu'il me voyait là avec sa femme ? Je ne sais pas, je sais seulement qu'elle se montra très élégante, qu'il n'y eut pas d'algarade.

« Oh, mademoiselle Lisa ! dit Jean-Jacques.

— Mademoiselle Lisa a eu la gentillesse de venir me prévenir que Georges m'attendait », expliqua sa femme avec un sang-froid que je ne pouvais m'empêcher d'admirer.

Lorsqu'elle a dit Georges, j'ai sursauté, et comme une idiote, j'ai demandé :

« Georges ?

— Oui, mon chauffeur.

— Oui, évidemment, ai-je dit, où avais-je la tête ? »

Mon Dieu ! Elle doit vraiment avoir de l'argent si elle peut s'offrir un chauffeur. Mme Le Gardeur a ensuite dit :

« J'ai eu l'occasion de bavarder un peu avec elle... pendant que tu... enfin que...

— Oui, vous avez bavardé ? dit Jean-Jacques avec un sourire jaune.

— Oui, et je me suis rendu compte qu'elle avait beaucoup de talent, probablement plus que tu ne penses et que tu devrais vraiment te servir d'elle plus souvent, lui donner des responsabilités, si tu vois ce que je veux dire.

— Oui, je pense...

— Bon, moi, ai-je dit, je vais retourner au travail surtout que nous sommes débordés ces temps-ci avec la rentrée..

— La rentrée...» a dit Mme Le Gardeur.

Puis elle a ajouté :

« En tout cas, ça m'a fait plaisir, vraiment plaisir de vous rencontrer. Et n'oubliez pas ce que je vous ai dit.

— Non, je n'oublierai pas, c'est promis. »

J'ai regardé Jean-Jacques qui me regardait et qui avait l'air de se demander ce qu'elle m'avait dit, et je suis sortie. Je ne m'étais jamais sentie aussi humiliée, aussi furieuse. Je n'étais pas fâchée contre elle, bien entendu, mais contre lui, qui m'avait menti depuis le début, qui s'était moqué de moi.

Alors je me suis dit : c'est fini, fini, fini ! Il ne me reverra plus jamais. Je suis retournée dans mon bureau et j'ai rédigé ma lettre de démission et je me suis levée pour aller la lui jeter au visage en espérant que sa femme soit déjà partie, parce que je la trouvais bien tout à coup et je m'en voulais d'avoir permis à son mari de la tromper, même si je n'étais pas la première, même s'il avait visiblement un arrangement avec elle.

En sortant de mon bureau, j'ai croisé papa qui m'a demandé :

« Où vas-tu comme ça, Lisa, tu as l'air dans tous tes états.

— Nulle part, juste aux toilettes, je ne me sens pas bien. »

Je mentais, mais c'était aussi vrai que je ne me sentais pas bien et c'était vrai que j'allais aux toilettes parce que, finalement, j'avais envie de vomir.

Aux toilettes, je me suis enfermée dans une cabine parce que c'est plus discret, on ne sait jamais. J'ai déchiré la lettre et je l'ai jetée, morceau par morceau, dans la cuvette. Je riais et je pleurais en me disant c'est fini, c'est fini, je te *flushe*, je te *flushe*. Est-ce que tu es content maintenant ? Je te *flushe* c'est terminé. Et, en effet, j'ai activé la chasse, et même si l'eau avait commencé à couler, je continuais de *flusher*, de donner des coups sur la poignée de la chasse, comme une folle. Je voyais les morceaux de ma lettre de démission disparaître dans le tourbillon et je pensais que c'était triste, mais que je devais aussi me réjouir parce que, mis à part quelques étreintes, ma liaison avec Jean-Jacques avait juste été la suite en do mineur de la déception. Ce que sa femme m'avait dit était trop conforme à la vérité pour être faux, pour être une tactique pour éloigner une rivale. Et je continuais de *flusher* en pensant qu'il pouvait bien aller se faire cuire un œuf dans le Sahara s'il le voulait. Ce ne sera pas avec moi. Il peut même y aller avec cette connasse qui tourne autour de lui, lui faire tout ce qu'il veut, moi je m'en fous, c'est une affaire classée, il est mort et enterré.

Alors j'ai entendu une voix dans la cabine d'à côté. C'était celle de Patricia.

« Lisa, c'est toi ?

— Euh oui, ai-je dit, embêtée.

— Est-ce que tu te sens bien ?

— Oui, je vais mieux maintenant....

— Bon, je... est-ce que je peux te demander un petit service ? »

J'ai eu envie de répondre non, parce que c'est ce que je pensais, parce que c'est peut-être à cause d'elle que Jean-Jacques était si indépendant, parce qu'elle tournait toujours autour de lui comme une mouche. Forcément, il se sentait indépendant, puisqu'il n'avait à faire qu'un signe pour me remplacer. J'ai quand même dit :

« Oui, qu'est-ce que je peux faire ?

— Écoute, c'est un peu embêtant, je... il n'y a pas de papier dans ma cabine et comme je... enfin je ne suis pas obligée de te faire un dessin, non... »

J'ai eu envie de faire semblant que j'étais idiote, aussi idiote qu'elle, pour l'obliger à m'expliquer ce qu'elle voulait dire. Mais j'ai attrapé le rouleau de papier dans ma cabine, et alors là, une idée a germé dans mon esprit. Du coup j'ai pensé qu'elle devait être bonne parce que les auteurs qui nous racontent, tout excités, leur histoire géniale, nous disent souvent qu'ils ne savent même pas comment elle leur est venue. Remarquez, ça ne fait pas toujours des best-sellers, surtout s'ils l'envoient eux-mêmes à Foglia, ce qui n'est pas une chose à faire selon papa (mais les auteurs ne l'écoutent pas) parce qu'il m'a expliqué qu'il ne lit que les livres qu'on ne lui envoie pas : je n'ai pas été sûre de comprendre comment il faisait, mais bon, je suis encore nouvelle dans le métier.

Oui, j'ai eu une idée. J'ai pris le rouleau de ma cabine et je l'ai jeté au fond de la cuvette. J'ai actionné la chasse, une fois, deux fois, cinq fois, dix fois, et j'ai dit à Patricia :

« Désolée, ma chère, moi non plus je n'ai plus de papier, je me demande ce que je vais faire. »

Ce que j'ai fait, je l'ai fait rapidement parce que je me suis alors rendu compte que j'avais bouché les toilettes, que l'eau commençait à déborder, qu'elle passait même sous la paroi de ma cabine, qu'elle inondait celle de Patricia.

« Ne bouge pas, les toilettes débordent, je vais aller chercher de l'aide. »

Et je suis sortie en me mordant les lèvres pour ne pas rire, et pour ne pas qu'elle puisse me reprocher de lui avoir menti, je suis allée chercher de l'aide, mais bien loin. Chez moi.

Je ne pouvais pas supporter de rester au bureau après ce qui venait d'arriver. Pas l'inondation dans les toilettes, dont je riais en m'imaginant Patricia juchée comme une dinde sur la cuvette pour éviter le déluge à ses petits souliers de satin de catin. Non, la surprenante conversation que je venais d'avoir avec la femme de Jean-Jacques.

Et toutes ses conséquences.

La fin de notre histoire.

Je suis sortie en coup de vent, sans parler à personne, et j'ai vu à la porte de la maison d'édition une immense Mercedes avec un chauffeur portant casquette. J'ai pensé que ce devait être le chauffeur de Mme Le Gardeur et qu'elle devait vraiment avoir de l'argent de famille. Cinq minutes avant, ça m'aurait peut-être donné un complexe, mais maintenant je m'en foutais royalement qu'elle soit une princesse et moi une pauvre parce que tout était fini.

Lorsque je suis arrivée chez moi, le téléphone sonnait. Je n'ai pas répondu, je n'avais envie de parler à personne. J'avais juste envie d'avoir la paix, et surtout d'aller faire mon jogging. Seule. Dans les rues de la ville. Oui, j'avais juste envie de courir.

Alors, que le téléphone sonne, je m'en foutais comme de l'an quarante. Je ne sais pas ce qui a bien pu se passer en l'an quarante, mais ça ne peut être pire que ce qui m'est arrivé dans le bureau de Jean-Jacques, cette rencontre avec sa femme, sa femme qui a tellement de « claûsse ». Je l'écris comme ça, en me moquant, mais en fait elle a vraiment de la classe. Elle est racée, et c'est elle, à mon avis, qui porte les culottes dans leur ménage, même si Jean-Jacques semble toujours être dans celles des autres femmes.

Oui, c'est elle qui mène le bal, même si son mari caracole, parce que c'est elle qui a les sous et que, finalement, c'est toujours ça qui décide tout. Comme moi je n'en ai pas, je ne fais pas le poids, sans compter qu'elle avait l'air d'être sûre qu'il l'aimait, sinon il ne l'aurait pas trompée mais quittée.

Je ne suis pas sûre de comprendre cette logique de grandes personnes ou, pour mieux dire, de gens mariés. J'espère même ne jamais pouvoir la comprendre, de rester toujours une petite fille quand vient le temps de dire je t'aime. J'espère ne jamais laisser personne piétiner mes rêves comme une plate-bande dans un parc public : si on me trompe, je pars.

Le répondeur s'est mis en marche après quatre coups mais la personne n'a rien dit, elle a raccroché. Je me suis dirigée vers ma chambre parce que j'avais envie d'aller courir, de courir longtemps, d'oublier, de m'épuiser et j'ai enfilé mes *Nike*. Le téléphone a sonné à nouveau. Je n'ai pas voulu répondre, mais, curiosité soudaine ou prémonition, j'ai voulu savoir qui appelait comme si je le devinais et comme si je voulais m'offrir un petit plaisir en ne répondant pas.

J'avais deviné juste. C'était Jean-Jacques, j'ai bientôt entendu sa voix :

« Écoute, Lisa, c'est... c'est moi (comme si je ne le savais pas !), je ne sais pas si tu es là, mais si c'est le cas, réponds-moi, je... je suis vraiment inquiet. Je t'ai cherchée partout dans le bureau après ce... enfin, je ne sais pas ce que ma femme a pu te dire, mais j'ai senti que tu étais bouleversée et j'aimerais te parler pour rétablir les faits, d'autant plus que Patricia m'a dit que tu n'avais pas l'air bien. Elle m'a dit t'avoir parlé aux toilettes, qui ont été d'ailleurs inondées, enfin... »

Patricia !

Pourquoi lui avait-il parlé ?

N'était-ce pas parce qu'il était près d'elle ?

Parce qu'il avait déjà une liaison, une liaison qui expliquait son éloignement ?

En tout cas, s'il cherchait une manière de ne pas se faire répondre, il l'avait trouvée. Il a ajouté :

« En tout cas, dès que tu auras ce message, téléphone-moi, je vais être au bureau le reste de la journée. Je pense à toi, tu sais, même si nous ne nous voyons pas comme je voudrais, comme tu voudrais. »

Et il a raccroché et, pendant un instant, j'ai eu une hésitation. J'ai pensé que peut-être il ne mentait pas, peut-être que je devrais lui donner une autre chance. Non, il a déjà eu assez de chances. Il a eu cent cinquante dernières chances. Et puis, je me suis rappelé ce que sa femme avait dit sur sa conduite avec les femmes, qu'en somme je n'étais qu'un numéro, une infirmière dans sa petite salle d'urgence personnelle. Il a parlé à Patricia, et juste pour ça, même s'il s'était mis à genoux au téléphone, ç'aurait encore été non.

J'ai passé mon short brillant et rose, une veste et je suis sortie. Il faisait beau dehors, plus que dans ma tête, ce qui n'est pas un exploit. Je pense que c'était l'été des Indiens. Tout aurait été parfait si ma vie ne venait pas de s'effondrer. Mais j'aimais mieux connaître la vérité que vivre dans le mensonge un bonheur qui d'ailleurs était bien douteux.

Ils disent que le chagrin n'est pas bon pour la santé, je ne sais pas, mais ça ne m'a jamais empêchée de courir, ça me donne même des ailes : peut-être que je fuis. J'ai couru jusqu'à l'avenue du Parc, puis comme j'allais descendre au centre-ville, j'ai vu le mont Royal, et je n'avais pas envie de le voir, *because* le souvenir de nos débuts sur l'observatoire. Alors j'ai tourné à gauche sur Mont-Royal, je me suis fait klaxonner, et ce n'était pas pour mes jambes que mes shorts laissaient voir, mais parce que je passais sur le feu rouge.

Ça les met en rogne, les mecs, qu'on défie ainsi la dictature de leur volant, parce qu'ils croient que la ville leur appartient même si la bagnole qu'ils possèdent est toute rouillée comme l'antiquité dont j'ai ralenti la course glorieuse. Son propriétaire, frustré, m'a klaxonnée une deuxième fois, parce que, sans me retourner, je lui ai fait un doigt d'honneur.

J'ai traversé sans m'arrêter presque tout le Plateau Mont-Royal, où il y a tant de vie, tant de boutiques, tant de cafés où habituellement j'aime flâner, mais je ne les voyais pas parce que je pensais à Jean-Jacques, parce que je pensais à sa femme, parce que je pensais à ce que j'allais faire, à mon emploi que je voulais quitter à cause de Jean-Jacques, mais garder parce que j'aime bien le milieu de l'édition. C'est moins bien que je le pensais mais ça doit être vrai de tout, et puis ça me permettait de voir papa tous les jours, de rattraper un peu le temps perdu : quand j'étais jeune, lui et l'homme invisible c'était des jumeaux identiques.

Parfois, quand je joue les commandants Cousteau du dimanche et que je m'amuse à aller dans les profondeurs sales et abyssales de mon être, je me dis que, si j'ai aimé un homme marié, c'est peut-être parce que papa est parti et que j'ai été habituée, dès mon jeune âge, à aimer un homme qui n'est pas là.

Je sais qu'il n'y a pas des masses d'hommes bien, et surtout d'hommes bien qui sont libres, mais pourquoi suis-je tombée sur Jean-Jacques et pas un autre ?

Oui, pourquoi on aime un homme plutôt qu'un autre même si, au fond, on ne devrait pas puisqu'il est marié et que c'est déjà assez compliqué même lorsqu'ils ne le sont pas ?

Pourquoi aime-t-on précisément un homme qui ne nous convient pas plutôt qu'un autre qui nous irait comme un gant si seulement on consentait à l'essayer. On dit non même s'il nous supplie, même s'il est prêt à marcher sur la tête pour qu'on dise oui.

Et puis, si on oublie la publicité, si on oublie le cinéma, si on oublie les Harlequins, est-ce qu'il y a vraiment de belles histoires, ou si ce n'est pas que du rapiécé, du repeint, de l'à-peu-près, du trompe-l'œil bon marché? Si on pouvait sortir de notre tête et entrer dans celle de l'autre, est-ce qu'on croirait encore que ça existe deux êtres qui s'aiment, et qui s'aiment en même temps et qui s'aiment autant l'un que l'autre et que ce n'est pas seulement en attendant de rencontrer quelqu'un d'autre?

Je pensais à tout ça en courant et, au lieu de regarder devant moi, parfois je regardais seulement mes pieds, comme si j'avais honte. Un ange gardien semblait me protéger car je ne heurtais aucun passant, et les automobilistes, ils semblaient deviner que j'avais le cœur à l'envers parce qu'ils ne me renversaient pas.

Arrivée à Papineau, j'ai tourné à droite, j'ai couru jusqu'au pont Jacques-Cartier, je m'y suis engagée du côté où il y a un trottoir pour les piétons. Au milieu du pont, je me suis arrêtée, juste entre les deux rives, comme je le fais souvent. J'ai regardé le fleuve, j'ai regardé Montréal, et j'ai regardé le ciel, et je me suis dit qu'est-ce que tu fais?

Je pleurais mais la vie est belle quand même, me suis-je dit, fais quelque chose, secoue-toi, c'est juste un mauvais moment à passer, juste un mauvais moment, ce n'est pas à cause de cet homme menteur et marié (c'est quasiment un pléonasme!) que tu vas te laisser détruire. Et ce n'est pas parce que tu perds cet emploi, parce que tu ne peux plus rester là que c'est la fin du monde. Avant de l'obtenir, après tout, tu ne l'avais pas, et tu n'en mourais pas.

Oui, tout est devenu clair tout à coup. J'ai essuyé mes larmes et j'ai souri, je me suis dit: tu es jeune, ta vie commence, lui c'est un con et, en plus, il a des ennuis qui ne sont pas finis parce que l'hystérique va peut-être gagner son procès contre lui. D'ailleurs, je le lui souhaite et je le trouve même sympathique tout à coup. Alors je suis retournée chez moi en courant toujours et je me suis sentie le pied léger. J'avais atteint mon second souffle et rien ne pourrait m'arrêter.

Lorsque je suis arrivée à l'appartement, il y avait trois messages de plus sur mon répondeur qui est si gentil qu'il spécifie, sur un merveilleux petit cadran, combien de gens ont voulu me parler en mon absence. Je n'ai rien écouté. J'ai d'abord pris ma douche parce que j'étais en nage. J'ai pensé à Jean-Jacques seulement quelques secondes, je me concentrais plutôt sur l'eau chaude qui coulait sur mon visage, sur mes muscles un peu fatigués par cette course de plus d'une heure, et avec la chaleur...

Je sentais que je m'en sortirais, que je ne me laisserais pas sombrer, comme après ma séparation avec Louis, que pourtant j'avais souhaitée comme la chute du mur de Berlin. Et comme si la vie ou le hasard voulait me dire que j'avais raison, j'ai eu une idée comme Euclide dans son bain : moi c'était sous ma douche. Je me suis rappelé une collègue que j'avais rencontrée dans un lance-ment, elle travaillait dans une boîte qui a tout plein de bons auteurs et qui est aussi grosse que les Éditions Le Gardeur.

À la sortie de la douche, je lui ai téléphoné sans même prendre le temps de m'habiller. Je lui ai tout expliqué. Elle a dit :

« Tu ne me croiras pas, c'est magique, nous cher-chons justement quelqu'un pour remplacer une démis-sionnaire et, ce matin, au cours d'une réunion, j'ai men-tionné ton nom en disant que je ne savais pas si tu étais libre : quand peux-tu venir nous rencontrer ? »

Une heure après, je les rencontrais et, deux heures plus tard, j'étais engagée.

« Quand veux-tu commencer ? m'ont-ils demandé.

— Demain matin, neuf heures, ai-je répondu.

— C'est impossible.

— Je ne comprends pas...

— Tu arriverais une demi-heure en retard pour ta première journée, car on commence à huit heures et demie.

— Ouf ! J'ai eu peur ! »

Ils ont demandé si ce départ rapide ne poserait pas de problème à mon patron actuel.

« Non, c'est un homme aux idées larges, je suis sûr qu'il va comprendre et puis, de toute manière, nous ne nous entendions pas très bien depuis quelque temps », ai-je conclu.

Je suis allée sur Saint-Laurent, pour fêter. Ma séparation. Mon nouvel emploi. Je suis rentrée tard et il y avait plusieurs messages sur mon répondeur, mais je ne les ai même pas écoutés, je les ai effacés parce que je savais que c'était les éditions complètes de Jean-Jacques. J'ai noté dans mon journal ce qui m'était arrivé dans la journée et, maintenant, j'éteins mon ordinateur et je vais me coucher.

3 novembre

Hier, FÊTE DES MORTS, j'ai désinfecté mes draps, mon oreiller, mes pyjamas. J'ai tenté d'éliminer toute trace de sa présence, de son odeur, j'ai tout lavé à l'eau de Javel concentrée La Parisienne : merci pour ton voyage à Paris, vendeur de rêves ! Pour l'eau de toilette Photo, j'ai versé toute la bouteille dans l'évier, et j'ai bien fait couler l'eau, puis j'ai jeté la poubelle vide à la bouteille, je veux dire le contraire... Ça me faisait chier de gaspiller une bouteille qui m'a coûté les yeux de la tête mais la liberté a un prix ! En refermant un peu brusquement le couvercle de la poubelle, je me suis mise à pleurer.

Ma vieille voisine d'en face qui faisait sa promenade quotidienne m'a vue et m'a demandé si je m'étais fait mal.

« Non, c'est juste... »

Et je n'en ai pas dit plus, mais elle a eu un sourire, et on dirait qu'elle a compris. Que c'était une histoire d'homme. Elle comprend toujours tout, ma vieille voisine, je vous dis.

Depuis notre « rupture », dont nous n'avons jamais discuté, mais qui, dans mon esprit, est officielle, Jean-Jacques a appelé au moins dix fois, et chaque fois il a laissé des messages sur le répondeur. Le dernier disait que si je ne le rappellais pas il comprendrait que tout était fini. Je n'ai pas rappelé. J'espère qu'il a compris. Parce qu'un homme qui dit qu'il a compris, ne spécifie pas toujours ce qu'il a compris, enfin je me comprends.

J'ai commencé mon nouvel emploi, et je me sens bien. J'ai tourné la page, il me semble. Je fais mon jogging tous les soirs en rentrant du bureau, et dès que je suis douchée, je sors. J'évite de rester à la maison comme si je craignais qu'il ne vienne sans s'annoncer.

Papa a été surpris de ma démission, mais je lui ai dit que c'était une question de principes. Il n'a pas compris, alors je lui ai expliqué que je n'aimais pas le patron de la boîte. Il s'est empressé de me demander s'il avait été incorrect avec moi, comme s'il soupçonnait quelque chose. Je l'ai rassuré, j'ai dit que je n'aimais pas sa façon de traiter ses employés et ses auteurs. Il m'a donné sa bénédiction. Surtout lorsqu'il a appris que je gagnais cinq mille dollars de plus par année, ce qui ne fait pas un salaire mirobolant parce que mon salaire chez Le Gardeur était dérisoire : dans l'édition, les travailleurs intellectuels sont moins payés que les plombiers.

15 novembre, soir

IL N'APPELLE PLUS depuis une dizaine de jours, je pense qu'il a compris. Un soir, la semaine dernière, j'ai entendu sonner à la porte, et comme je n'attendais personne, j'ai pensé que c'était lui mais je n'ai pas répondu. C'était peut-être un colporteur. Il y a une affichette dans le hall qui les envoie promener, mais ils sonnent quand même : chacun fait son métier.

Journal de Charles

Hier, alors que je ne m'y attendais pas du tout, le téléphone a sonné.

C'était K.

Qui ne m'avait pas appelé depuis des semaines.

Et qui doit avoir des antennes.

Parce que depuis quelques heures, je pense vraiment à elle.

Elle paraît embarrassée — ce qui est normal après une telle séparation.

« Est-ce que je te dérange ? demande-t-elle.

— Non.

— Tu es seul ?

— Oui... »

Elle n'a pas continué tout de suite, elle a réfléchi, puis elle a demandé :

« Est-ce que... est-ce que tu vas bien ?

— Oui, enfin... beaucoup de travail à la maison d'édition...

— Non, ça on s'en fout, je veux dire... est-ce que... est-ce que tu as rencontré quelqu'un ?

— Non. »

Elle a pris une longue bouffée de cigarette, puis elle a dit :

« Et est-ce que tu es heureux ?

— Pourquoi tu me demandes ça ?

— Pour savoir, parce que moi, je me fais chier.

— Ah bon, je... je suis désolé.

— Est-ce que tu es plus heureux seul qu'avec moi ? »

Drôle de question...

« Est-ce que je sais, et de toute manière c'est toi qui es partie, je n'ai pas vraiment choisi. »

Elle m'a coupé pour ajouter :

« J'ai encore des choses à toi, des livres, des disques et puis le chandail vert avec lequel je couchais, j'ai tout mis ça dans un paquet. Quand tu viendras, tu pourras le récupérer.

— Ce n'est pas la peine, tu peux tout garder, tout jeter même si tu veux... »

Elle change de ton :

« J'aimerais seulement qu'on se voie une dernière fois, parce que... ça s'est passé si vite notre rupture, il y a des choses qui n'ont jamais été éclaircies et avant de fermer le dossier complètement... enfin, tu comprends, est-ce qu'on peut se voir ?

— Oui.

— Quand ?

— Ce soir à sept heures, si tu veux.

— Oui, dit-elle, viens chez moi. »

J'ai demandé :

« Est-ce que tu es sûre que ce soit une bonne idée ?

— Oui.

— D'accord, à sept heures. »

En raccrochant, je me suis dit que ce n'était peut-être pas une bonne idée...

Pourtant, le soir, je suis arrivée chez K à sept heures pile. Je l'ai trouvée amaigrie — plus tard, elle m'a dit qu'elle prenait du *Prozac* mais que ce n'était pas grave, c'était juste parce qu'elle ne dormait pas bien.

Elle m'a servi un verre de Brouilly, mon vin préféré, je veux dire pour le quotidien. Pour boire les grands crus, il me faudrait une promotion. Ou un nouveau métier. J'ai été ému qu'elle ait gardé cette bouteille en réserve.

« Je suis contente que tu sois venu », dit-elle.

Alors je ne sais pas pourquoi, par quelle cruauté, par quelle peur enfouie en moi, j'ai dit :

« C'est possible que je me réconcilie avec H, nous nous sommes revus après que tu m'aies quitté. »

K paraît surprise, déçue, puis demande :

« Est-ce que vous avez couché ensemble ?

— Non. Nous nous sommes donné une semaine de réflexion.

— Une semaine de réflexion ?

— Oui, pour décider si nous retournions ensemble. Elle est avec quelqu'un d'autre, mais elle n'est pas heureuse, et... enfin elle doit prendre une décision...

— Vous devez vous revoir quand ?

— Le week-end prochain.

— Bon, une semaine, on a une semaine, a-t-elle dit comme pour elle-même, comme si elle réfléchissait. Voyons-nous tous les jours, ça va t'aider à prendre ta décision. »

J'allais lui dire que je n'étais pas sûr que ce soit une bonne idée, que pour réfléchir mieux vaut être seul, mais elle a ajouté :

« Je voulais te dire que je regrette de t'avoir lancé cet ultimatum stupide, parce que je t'aime encore. »

Lorsqu'elle m'a dit ça, nous étions sur son sofa, sur le fameux sofa oriental où tant de fois nous nous étions égarés. J'étais confus, je n'ai rien dit et, comme si elle pensait que je ne la croyais pas, et qu'elle voulait me prouver qu'elle m'aimait pour vrai, elle s'est agenouillée entre mes jambes, comme dans une curieuse prière. Puis je l'ai attirée à moi, je suis entré en elle, je l'ai chevauchée, et bientôt elle a tremblé, et bientôt elle a hurlé, là, sur le sofa, témoin de tant de nos ébats.

À la fin, lorsque j'ai joui dans sa bouche — comme je le faisais si souvent par prudence, pour ne pas que l'acte ait de conséquences —, elle s'est levée d'un bond et est allée à la salle de bains, comme elle faisait si souvent après...

J'ai alors eu une envie soudaine d'uriner et je l'ai suivie aux toilettes où une surprise m'attendait. En effet, K était assise sur les toilettes, les jambes écartées, sa main droite égarée dans son sexe : elle se masturbait.

« Excuse-moi ! »

J'ai tout de suite refermé la porte comme si je ne l'avais pas vu le faire. Mais j'étais abasourdi : pourtant, je croyais bien qu'elle avait joui dans mes bras. M'avait-elle joué pendant tout ce temps la comédie ? Étais-je un si piètre amant ?

J'ai préféré ne pas parler de ça avec elle, j'étais trop sidéré. Elle non plus n'a rien dit. En venant me rejoindre au salon, elle a seulement eu un petit sourire, comme pour voir si je l'avais vue et a dû penser que je n'avais rien vu ou que j'avais cru qu'elle s'essuyait après avoir fait pipi. Mais non, c'était trop précis, cette vision, ces doigts profondément enfoncés dans son sexe, je ne pouvais me tromper.

Journal de Lisa

16 novembre, huit heures du matin

Il vient de repartir.

Il vient de quitter l'appartement, mon lit.

Il m'a donné un baiser, m'a serrée dans ses bras, m'a dit :

« On se voit plus tard et merci, merci pour la nuit, merci de m'avoir ouvert ta porte. Si tu savais comme je me sens mieux, si tu savais que pour moi c'est comme le premier matin de ma vie, de notre vie. »

Il était dans une veine poétique, rousseauiste presque, mon Jean-Jacques : un peu plus il se serait mis à herboriser dans mes plantes vertes ! Oui, élégiaque tout à coup, l'amant qui habituellement a deux températures, comme d'autres ont la bi-énergie : chaud au lit, froid hors du lit. Oui, il s'épanche peut-être seulement parce que la nuit avait été érotique, vraiment érotique, comme à nos débuts...

En général, le violon, ils l'ont dans le caleçon. Et nous, c'est le contraire, notre slip on l'enlève quand on aime, sauf pour les amours de vacances pendant lesquelles on pense comme les hommes et où l'on se repose d'être une femme le reste de l'année : on se les envoie puis on les envoie promener! Eux, ils disent qu'ils nous aiment et, lorsqu'on a enlevé notre slip, ils sont moins sûrs, ils se torturent: si jamais ils avaient trop parlé...

Oui, avant de partir, il m'a donné un baiser.

Comme un petit mari.

Qu'il n'est pas.

Parce qu'il est le mari d'une autre.

Je suis perplexe.

À la fois heureuse et inquiète.

Je m'étais juré que je ne répondrais pas, ni au téléphone ni à la porte. Je m'étais juré qu'il était *flushé* pour de bon.

Il me semblait que je commençais à l'oublier, que, lorsque je prenais ma douche, je pensais moins à lui qui me lavait, qui me souillait délicieusement, que, lorsque je me mettais au lit, il me pesait moins qu'il ne fût pas à mes côtés. C'est vrai qu'il ne passait jamais la nuit entière avec moi, au mieux il repartait un peu avant minuit, comme s'il craignait que je me transforme en citrouille.

Mais bon, je commençais à m'en moquer, je commençais à tourner la page de ce mauvais roman.

Mais hier soir, il devait être onze heures ou minuit, je ne dormais pas, je pensais à lui, c'était comme une fièvre qui serait revenue alors que je la croyais partie, comme une petite rechute inattendue: l'agonie de l'amour, c'est toujours plus long qu'on pense et c'est comme les vacances, où finalement tu dépenses plus que prévu. Il y avait cette petite robe de plage que tu avais oublié de mettre dans ta valise, et pour cause, elle était dans une vitrine, en solde, et si tu ne l'achètes pas tout de suite, c'est une chance qui ne reviendra plus, qu'en penses-tu, mon chéri?

Oui, je pensais à lui lorsque le téléphone a sonné. Je me suis dit que c'est lui, je ne réponds pas, mais, au bout

de trois coups, je ne sais pas pourquoi, je me suis dit que
je l'avais assez puni : une partie de moi voulait le *flusher*
intégralement et une autre ne l'oubliait pas. C'est moi
tout crachée : je ne m'en vante pas, je le confesse, tout
simplement. J'ai répondu, il a dit :

« Je suis en bas, est-ce que tu es seule ? »

Quand même, il avait la politesse de s'informer.

J'ai dit :

« Oui, je suis seule.

— Est-ce que je peux monter ? »

Sur le coup, je n'ai rien dit parce que j'ai pensé que
ce ne serait pas une bonne idée, que j'avais déjà donné
mais, finalement, j'ai cédé. J'étais nue dans mon lit,
d'abord j'ai pensé enfiler mes sous-vêtements de riche
héritière et ensuite j'ai pensé qu'il ne les valait pas. De
toute manière, je ne les avais plus. Il y a deux semaines,
je les ai mis à la poubelle en même temps que le flacon
vide de Lagarfeld.

Alors j'ai enfilé un peignoir que j'ai attaché à double
tour afin qu'il ne se fasse pas des idées et qu'il pense que
je l'accueille ainsi parce que je suis à lui, même s'il n'y a
plus personne en tailleur à minuit.

Lorsque je lui ai ouvert, je l'ai trouvé beau, il portait
une veste noire, un pantalon kaki. Il avait l'air un peu
fatigué, sa cravate était lâchement nouée, et, dans ses
yeux habituellement si perçants, une lassitude, comme si
la vie le déjouait, avec ce divorce supposé, ce procès que
je suis maintenant à distance dans les journaux... Après
une hésitation, il s'est penché vers moi pour m'embrasser, mais je lui ai tourné les talons : qu'est-ce qu'il s'imagine, que je suis un buffet chinois ?

Il m'a suivie dans le salon. Je lui ai dit :

« Je ne peux pas te garder longtemps, juste dix
minutes, je travaille demain et je suis claquée, mais si tu
veux une bière... »

Il avait l'air d'un voyageur qui vient de faire la traversée du désert, mais sans chameau, et sans Land Rover, alors il n'a pas dit non. Moi, je me suis contentée d'un verre d'eau bien glacée : je voulais garder la tête froide. Il s'est assis sur le sofa, moi aussi mais à bonne distance, pour qu'il comprenne bien que ce n'est pas parce que je lui avais ouvert à minuit qu'il avait encore des droits. C'est comme à l'hôtel : quand tu as remis ta clé et que tu as payé, n'essaie plus de retourner dans ce que tu appelles encore *ta* chambre, car elle n'est plus à toi.

Mais est-ce qu'il comprend ça ? Est-ce qu'il a lu le manuel du parfait petit voyageur ?

Sa façon de me regarder me dit qu'il pense que l'hôtel tout entier est à lui, car il lorgne l'échancrure de mon peignoir que j'ai peut-être refermé un peu vite. J'ai vraiment dû lui manquer, le pauvre chéri, ou plutôt il est en manque (reviens sur terre, harlequine !) parce qu'il n'y a vraiment rien à voir là. Pourtant son regard fuit constamment de mes yeux vers la naissance de mes seins qui n'ont jamais grossi.

Je referme mon peignoir et je le regarde avec l'air de dire : si tu n'arrêtes pas de me regarder ainsi, tu peux bien aller te faire voir. On dirait qu'il comprend parce qu'il penche la tête, embarrassé. Puis il me demande :

« Que t'a dit ma femme l'autre jour ?

— Rien, on n'a rien dit parce que la déception me coupait l'inspiration.

— C'est impossible, vous êtes bien restées seules ensemble cinq bonnes minutes dans mon bureau. Deux femmes... »

Comme si deux femmes parlaient plus que deux hommes ! Alors j'ai dit :

« On a parlé de la longueur de ton zizi, est-ce que tu es content, maintenant ?

— Sois sérieuse », dit-il.

Alors je me suis levée et je lui ai dit :

« Si tu es venu ici à minuit pour me parler de la conversation que j'ai eue ou non avec ta femme il y a un mois, tu peux t'en retourner tout de suite. »

Il a vu qu'il avait fait un faux pas — de plus — et que son crédit auprès de moi était pas loin de zéro. Il a plissé les lèvres et il a tenté de se rattraper.

Je ne me suis pas rassise tout de suite, à la place je suis allée mettre un disque compact, *Je t'aime... moi non plus* de Gainsbourg. Je sais bien que ce n'était vraiment pas de circonstance, mais ce n'était pas un vrai faux pas. J'avais envie de le torturer et je ne pouvais m'imaginer quelque chose de mieux que de lui envoyer par la tête des « je vais et je viens entre tes reins et je me retiens » juste après lui avoir dit que, moi, je ne le retenais pas...

Il a dû sentir l'urgence de la situation parce qu'il a fouillé tout de suite dans sa poche, en a tiré un petit sac de plastique bleu pâle et me l'a tendu sans rien dire. J'ai pris le sac et j'ai pensé c'est quoi ce cinéma, où veut-il en venir ? J'aurais pu lui rendre le sac parce que j'avais reconnu sa provenance et je n'étais guère impressionnée : il venait de chez Agatha, la petite boutique sur Laurier, juste derrière chez moi.

Je ne veux pas faire de mauvaise publicité à cet établissement où je vais souvent : de toute manière, mon journal est juste pour moi et je ne risque pas de recevoir, comme Jean-Jacques, une mise en demeure de Me Renard, l'avocat du mégalomane des lettres québécoises.

Si j'avais reçu un cadeau d'Agatha de Louis (encore lui !) je n'aurais pas protesté. J'aurais même dit un gros merci parce que lui, les cadeaux, il trouvait ça bourgeois, surtout ceux qu'il devait donner. Les autres, ceux qu'il recevait, il acceptait le principe.

Mais Jean-Jacques aurait quand même pu faire un petit effort et aller chez Cartier avec tout l'argent qu'il a ou qu'il a déjà eu, je ne sais plus. Oui, il aurait pu faire un effort au lieu de traverser la rue en vitesse à six heures moins cinq ou d'envoyer sa secrétaire à l'heure du déjeuner pour ne pas qu'elle perde une minute du temps qu'il lui paye si généreusement.

D'ailleurs, je ne sais pas pourquoi, comme si j'avais une vision, j'ai pensé tout à coup qu'il avait vraiment envoyé sa secrétaire chez Agatha, parce qu'il est trop pressé, que son temps est trop précieux. J'ai voulu le piéger et je lui ai demandé avec un enthousiasme soudain qui l'a rassuré quelques secondes :

« Qu'est-ce que c'est ?

— Je ne peux pas te le dire, c'est un cadeau. »

J'ai insisté.

« Voyons, Lisa, développe-le, tu verras par toi-même.

— Donne-moi un indice au moins.

— C'est un bijou », dit-il.

Je l'ai regardé droit dans les yeux : franchement, je n'aurais pas pensé ! Un bijou d'une bijouterie, c'est trouvé !

« Je ne l'ouvre pas si tu ne me dis pas ce que c'est.

— C'est une bague, tu es contente maintenant !

— Décris-la moi, je t'en supplie. »

Je n'abandonnerais pas ainsi.

« Mais Lisa, tu exagères, je l'ai achetée... »

Je jurerais qu'il allait dire : en vitesse, mais juste à temps il s'est rendu compte que même ce mensonge n'était pas la chose à dire.

Alors il a cherché, et moi je le regardais chercher et je me régalais parce qu'il m'avait vraiment fait mal. Ça me faisait du bien, cet éternel retour des choses, ou un truc du genre. Pendant ce temps, Jane Birkin suppliait maintenant Gainsbourg de venir et, malgré mon émotion, malgré la bague, malgré la beauté — même un peu fatiguée — de Jean-Jacques, j'ai trouvé tout à coup qu'il y avait quelque chose de surréaliste dans cette scène. Je n'ai pu m'empêcher de me mettre à rire.

Jean-Jacques m'a regardée comme un désespéré. Quand je lui ai dit, d'un air bien décidé, que j'attendais sa description, il n'a pas eu l'air d'apprécier. J'ai senti qu'il allait avouer, parce qu'il avait vraiment l'air pitoyable, il semblait savoir que je savais, même s'il ne savait pas comment diable j'avais pu deviner : toutes des sorcières !

« Laisse tomber, ai-je dit. Même si tu travailles dans l'édition, tu n'as jamais été habile avec les mots. Sauf pour donner des instructions à ta secrétaire. »

J'ai alors eu l'impression qu'il allait faire une syncope tant j'avais vu juste. Il a arrondi les yeux, pas longtemps, parce qu'il est toujours maître de lui. Il m'a même semblé que ses joues s'étaient empourprées, malgré son teint basané, qui lui permet fort commodément de cacher les émotions qu'il n'a pas.

Il avait visiblement la gorge sèche, j'ai dit une petite gorgée de bière ? Il en a pris une pour se donner une contenance, et il a dû penser que son chien était mort. À ce moment précis, il n'était pas fort. Il était en train de mourir dans mes mains comme Gainsbourg venait de le faire entre les reins de Jane. Pourtant, cette musique avait fini par me donner des idées, des idées absurdes parce que Jean-Jacques en était exclu. Il était désormais nul et non avenu, même si tout à coup il me touchait.

À moins d'être nazie, quand il est à tes pieds, tu n'as plus envie de fouler cet homme foudroyé, même s'il a piétiné ton cœur sans s'en rendre compte car, pour lui, ce n'est pas grave de t'ouvrir les veines. Il appelle ça avoir une aventure : excuse-moi, je suis plus marié que je ne le pensais, meilleure chance la prochaine fois.

Je me suis rassise à côté de lui, sur le sofa où un soir il m'avait prise. Ça me revenait tout à coup. Je portais une robe rouge qui l'avait troublé, c'était à l'heure du dîner. J'étais claquée, je voulais juste écouter les nouvelles, boire mon thé. Je n'avais pas envie de lui ni de personne et je le lui avais dit. Il avait répliqué :

« Ce n'est pas grave, fais comme si je n'étais pas là, ne te dérange pas. »

Et sa tête avait disparu sous ma robe, et, à un moment, je n'ai plus été certaine si c'était les infirmières ou les malades qui étaient en grève, parce que j'étais en train d'avoir mon premier orgasme en écoutant les nouvelles.

Oui, je me suis assise à côté de cet homme que je n'aurais jamais dû rencontrer, sur le sofa naguère érotique, et je pensais à cette robe rouge au tissu trop léger, et je pensais à cette douceur entre mes jambes, et à mes cris, et j'écoutais encore *Je t'aime... moi non plus*. Mon peignoir, que je venais juste de refermer, tout à coup j'avais envie de l'ouvrir.

À la place, j'ai ouvert le cadeau, et c'était une bague en argent sertie de petites émeraudes, et qui valait deux cent soixante-quinze dollars. Je le savais, non parce qu'il avait oublié le prix, comme certains subtils le font par « accident » pour impressionner, mais parce que je l'avais déjà vue chez Agatha. Je la trouvais belle et j'avais voulu l'acheter, mais je la trouvais trop chère, même si la patronne était prête à laisser tomber la taxe parce que le loyer vient vite, avenue Laurier.

Cette nouvelle coïncidence, même un peu tardive, m'a fait drôle. J'ai pensé que, finalement, les étoiles étaient peut-être avec moi. Sinon, comment aurait-il pu deviner — ou plutôt sa secrétaire qu'il avait mandatée, mais c'était encore plus troublant, non? — que cette bague, elle me plaisait déjà avant même qu'il ne me l'offre?

« Essaye-la, dit-il, pour voir si elle te va. »

Au lieu de cela, je lui ai demandé pourquoi il m'offrait cette bague et j'entendais « je vais et je viens entre tes reins » et je me disais que c'était peut-être juste pour ça. Il y a entre nous une chimie de lit, même si je ne suis pas comme Patricia, celle qui n'a pas besoin de silicone à moins qu'elle n'en ait déjà une lourde dose. Et Gainsbourg se retient et moi je ne vois pas ce qui me retient de lui demander ce qu'il fait là à cette heure si tardive.

Je lui ai dit:

« Ta femme n'est pas ici? »

Tout à coup, il a paru nerveux, comme s'il avait entendu: « ta femme est ici ». Il se retourne mais je le rassure et je l'embarrasse tout à la fois et je lui demande:

« Ta femme est à Paris?

— Oui, comment as-tu deviné?

— Il est minuit, mon coco, en général à cette heure, tu es au domicile conjugal, parce que tu *punches* à onze heures. »

Il paraît honteux comme s'il était pris en flagrant délit mais il se reprend. Un sourire embarrassé aux lèvres, parce que Birkin et Gainsbourg soupirent à tue-tête, il dit:

« Ç'a été bon qu'on se sépare — comme si on allait se réconcilier! — ça m'a permis de penser à toi et de comprendre que tu étais la femme de ma vie. »

Il a même fait un effort suprême — il me semble — en me disant ce qu'il ne m'avait jamais dit, sauf dans un lit, et ça, est-ce que ça compte vraiment, surtout lorsque c'est juste avant Hiroshima, mon amour?

Il m'a dit ce qu'il ne me disait jamais, ou si rarement que j'oublie quand, comme si c'était une obscénité : je t'aime. Il s'est penché vers moi pour m'embrasser, comme si cet aveu avait tout réparé, et que maintenant tout pouvait recommencer. Mais il a juste embrassé ma main que j'avais mise entre mes lèvres et les siennes.

Il a paru surpris, déçu en tout cas :

« Il vaut mieux pas, de toute manière tes dix minutes sont écoulées, pars maintenant.

— Laisse-moi seulement m'étendre à côté de toi quelques minutes, je te jure, je ne te toucherai pas. J'ai une angoisse de te perdre, de savoir que c'est fini, c'est si subit. Laisse-moi m'étendre une demi-heure auprès de toi, ensuite je vais partir, je te jure, juste une petite demi-heure, en souvenir du passé, en souvenir de ce qu'il y a eu entre nous, de ce roman qui aurait pu être et auquel je crois encore, moi. »

Oui, comme papa a cru en tant de romans qui ont fini pilonnés. Il m'a montré les chiffres l'autre jour. Ça porte à réflexion surtout pour ceux qui ont des ambitions littéraires, comme j'en ai eu à une époque. Maintenant, je ne suis vraiment plus sûre, parce que ce qui se vend, ce sont les romans grand public que moi je n'aime pas lire, alors à quoi bon...

Comme je ne lui donnais toujours pas la permission, il a répété :

« Je te jure que je ne chercherai pas à te faire l'amour.

— Même avec une musique comme ça ?

— Même avec une musique comme ça », jura-t-il.

J'ai eu un petit sourire, et pourtant j'ai précisé :

« C'est sérieux, je ne veux vraiment pas que tu me touches parce que c'est fini entre nous, Jean-Jacques, c'est fini. Tu as cassé le jouet, et ça ne se recolle pas ces choses-là, ça ne se recolle pas, même avec de la *crazy glue*.

— Je comprends, je sais que j'ai fait des erreurs. »

Puis il m'a suivie dans la chambre sans rien dire et pour me venger, je pense, mais je n'en suis pas sûre parce que j'étais fatiguée et qu'il y avait *Je t'aime... moi non plus* et Lagarfeld qui me rappelait tant de souvenirs, j'ai retiré mon peignoir. Je l'ai laissé tomber sur le sol et il a marché dessus parce qu'il me suivait de près, parce qu'il avait peur de me perdre, parce qu'il savait qu'il m'avait perdue.

Je me suis glissée sous les draps que j'ai refermés sur moi comme la porte de mon château afin qu'il sente bien la distance entre nous. Il s'est allongé à côté de moi et j'ai vu dans ses yeux qu'il aurait tout donné pour être avec moi sous les draps, parce que j'étais nue et que cette pensée le brûlait.

Dans ma tête, les pensées se bousculaient. Qu'est-ce que je faisais là ? Pourquoi l'avais-je laissé entrer ? Pourquoi ne l'avais-je pas mis à la porte ? Il me joue du violon et pour lui, je ne serai jamais qu'un second violon. Je devais le chasser, car je m'étais assez brûlé les ailes au feu de paille de son amour. J'ai regardé la bague d'émeraudes que j'avais finalement passée en me dirigeant vers la chambre. Il m'a quand même donné une bague, et une bague, ça veut dire quelque chose, non ?

Pour moi peut-être mais, pour lui, c'est juste son ticket d'entrée dans ma chambre. Le ticket qu'il avait perdu, et ça l'ennuyait parce que personne n'aime être quitté, d'autant plus que j'étais pratique pour lui, une sorte de commodité de la conversation, comme les chaises pour les *Précieuses ridicules* de Molière. Sauf que les chaises, c'est mon lit, et celle qui est ridicule dans tout ça, c'est moi.

Non, ce serait trop facile, il me fait acheter une bague par sa secrétaire et maintenant, il veut que je pousse des cris sous ses assauts, que j'oublie tout ce qu'il a fait, que j'oublie que je ne suis pas pour lui la dernière des femmes, mais pire encore, la deuxième, sa maîtresse.

Oui, je dois le chasser, me suis-je répété, mais il était tard et je me suis assoupie. Puis il y a eu un mouvement à côté de moi, Jean-Jacques s'était glissé sous le drap et j'ai senti ses cheveux entre mes cuisses, là où je suis si faible : il le sait, c'est sa force. J'ai dit :

« Qu'est-ce que tu fais là, je ne veux pas faire l'amour.

— Moi non plus. »

J'ai pensé il se paye ma tête, bientôt il va me chanter je t'aime... moi non plus. Il a ajouté :

« Je veux juste que tu me pardonnes pour tout ce que je t'ai fait, je veux juste que tu jouisses. »

Alors il s'est tu. Ce n'était peut-être pas une mauvaise chose et, pourtant, j'ai protesté encore. Pour toute réponse, j'ai senti ses lèvres sur mes lèvres, et la coupe a débordé. Je me suis laissée faire, ça ne pouvait pas me faire de mal, pourvu que je ne déconne pas, que ce soit juste mes jambes pas mon cœur que j'ouvre. Ensuite, je le mettrai à la porte comme prévu.

Mais ensuite, il a voulu recommencer.

Le matin, lorsque je me suis réveillée, il était en moi, je lui tournais le dos, mais ça ne le gênait pas, moi non plus, nous étions unis comme deux cuillers, ou en chien de fusil, je ne sais trop... Et ça ne gênait pas davantage George, qui nous observait philosophiquement même si ma chatte, les chiens...

Et puis il m'a donné ce baiser de mari et il est parti.

Et je ne sais plus trop quoi penser parce que, comme d'habitude, nous n'avons pas vraiment eu le temps de discuter, de savoir ce qui allait se passer entre nous et quand.

Mais je me sens bien quand même. Un peu épuisée par la nuit mais c'est une bonne fatigue, non ?

Pourtant, je me demande : si sa femme n'était pas partie à Paris, est-ce que j'aurais eu cette nuit ?

Puis j'ai regardé la bague d'émeraudes et je me suis dit, peut-être, peut-être que c'est vrai, peut-être qu'il m'aime.

17 novembre

Hier, Philippe a appelé pour prendre de mes nouvelles. Ça m'a fait plaisir d'entendre sa voix, toujours calme, toujours rassurante. Je lui ai dit :

« Ça s'est finalement arrangé avec mon homme marié, je pense qu'il m'aime et qu'il va enfin quitter sa femme.

— C'est bien, dit-il, tu as bien fait d'être patiente. »

Mais il y avait de la tristesse dans sa voix, très discrète mais présente.

Moi aussi j'étais triste, parce que je savais que je lui faisais de la peine, et qu'il aurait aimé entendre quelque chose d'autre, quelque chose que je ne pouvais pas lui dire. Pour lui donner un prix de consolation, comme à la télé, je lui ai dit :

« Ça ne veut pas dire qu'on ne restera pas amis et que tu dois cesser de me téléphoner. Et puis toi aussi tu vas rencontrer quelqu'un, un beau mec comme toi, et brillant en plus, à ta place je ne serais pas inquiet...

— Tu es gentille mais je ne peux pas te parler plus longtemps, on frappe à la porte. »

C'était une première dans notre amitié puisque c'était toujours moi qui disais je vais te laisser maintenant.

Je savais que personne ne frappait à sa porte parce qu'il avait oublié, dans son mensonge, qu'il était onze heures du soir. C'était seulement une excuse, il savait que c'était fini, qu'on ne serait jamais que des amis.

21 novembre, matin

DEPUIS CINQ JOURS — ou est-ce six ? — Jean-Jacques revient tous les soirs, et reste à dormir. On dirait qu'on est un couple établi... sauf qu'on fait l'amour toutes les nuits. Il pourrait même en sauter une que je ne dirais rien, parce que, au bureau, il y en a qui commencent à me regarder d'une drôle de manière car j'ai les yeux un peu cernés. Pourtant je souris tout le temps. Je ne raconterai pas tout ce qu'il me fait parce que je ne suis pas la marquise de Sade et, de toute manière, ce serait long parce que, j'ai compté, on a baisé onze fois. Ce qui m'intéresse, c'est ce qui va arriver ce soir : sa femme sera de retour de Paris.

Entre deux soupirs, on a quand même réussi à échanger quelques mots, et il m'a dit tout simplement :

« C'est décidé, lorsque ma femme revient de voyage je lui dis tout : que j'ai rencontré quelqu'un, que je la quitte tout de suite, et le divorce, on s'arrangera après. »

Je ne lui ai pas posé de questions, parce que c'est tout ce que je voulais savoir, c'est même mieux que tout ce que je voulais savoir. Il aurait pu dire, au lieu de j'ai rencontré quelqu'un, j'aime une autre femme, mais il a déjà dû faire un gros effort pour dire ce qu'il vient de dire. Il ne faut pas lui en demander trop.

Ce soir, je ne le vois pas, c'est convenu, parce que c'est lui qui va chercher sa femme à l'aéroport, et il doit lui parler. Ce n'est pas grave, je vais me reposer, parce que je pense que j'aurais été obligée de prendre des bains d'eau glacée tant il est *hot*, le petit chéri.

Je lui ai demandé de me téléphoner après qu'il ait parlé à sa femme, de faire ses valises et de venir tout de suite me rejoindre. Il a dit :

« Je vais faire mon possible, je te promets que je vais faire mon possible.

— Je comprends.

— De toute manière, tu n'as pas besoin de t'inquiéter parce que je t'aime et qu'elle, je la déteste. »

C'est enfantin, je sais, mais ça m'a fait tellement plaisir que je lui ai demandé de répéter. Il a dit :

« Quoi, que je t'aime ?

— Non, que tu la détestes.

— Je la déteste. »

Et moi, même si on est supposé être noble et tendre l'autre joue, je souriais qu'il la soufflète. Il me semblait que c'était comme s'il m'avait dit mille fois je t'aime parce que l'obstacle, entre lui et moi, c'est elle.

Maintenant, forte de cette certitude, il ne me reste plus qu'à attendre la bonne nouvelle officielle.

22 novembre, onze heures trente du matin

LA NOUVELLE OFFICIELLE, il ne me l'a pas donnée la veille au soir.

Ni ce matin.

Je me demande ce qu'il fait.

Ce qui a bien pu se passer.

Ce qui a bien pu se dire entre sa femme et lui.

Comment elle a pris la nouvelle.

J'ai à peine fermé l'œil de la nuit...

Depuis hier après-midi, j'ai d'autres soucis qui sont venus s'ajouter de manière tout à fait imprévue à ceux que me causent mon projet de nouvelle vie avec Jean-Jacques.

Depuis hier, en effet, je ne me sentais pas bien. Au début, je me suis dit : ce sont tes nerfs, ma petite chérie, avec tout ce que qui se passe dans ta vie — et avec tes nuits avec Jean-Jacques l'insatiable — c'est normal que tu aies des... Au début, je n'osais pas prononcer le mot, parce que ce mot c'était... des nausées !

Et des nausées, ça sonne comme...

Comme grossesse !

C'est impossible, je prends la pilule !

Mais ensuite, je me suis rappelé que la pilule, je l'avais arrêtée pendant un moment, parce qu'après Jean-Jacques je ne voyais plus personne et je voulais donner un peu de repos à mon corps...

Quand on s'est revus, je m'y suis remise, et je ne m'inquiétais pas trop parce que je venais juste de terminer mes règles, et c'est la période la moins dangereuse.

Qu'ils disent...

Mais ce matin, j'avais encore des nausées, et après avoir avalé une première gorgée de café, il a fallu que je coure à la toilette pour vomir.

Bon, je me suis dit : ce n'est pas grave, ce sont tes nerfs, vraiment tes nerfs, ma fille, rassemble tes esprits, prends de grandes respirations, ça va passer, c'est vraiment impossible... que tu sois enceinte.

Je me suis lavé les dents, j'ai pris une douche, et je me suis sentie mieux, vraiment mieux et j'ai pensé que ce n'était qu'une fausse alerte. Ce que je peux m'imaginer des choses, je suis vraiment mal faite. J'ai réchauffé mon café, j'ai attaqué une rôtie au beurre d'arachides mais, à la troisième bouchée, le cœur m'a levé encore et je n'ai même pas eu le temps de me rendre aux toilettes.

Alors j'ai pensé...

Peut-être que...

J'ai décidé de ne pas aller tout de suite au bureau, mais plutôt d'attendre une heure, jusqu'à ce que la pharmacie ouvre sur avenue du Parc. J'ai acheté un truc encore plus merveilleux que Pauline, parce qu'il dit l'avenir en trente secondes. Il suffit de pisser dessus et de regarder la petite ligne. Si elle devient rose, tu es sauvée, si elle devient bleue, il faut que tu téléphones au père. Quand tu sais c'est qui.

J'ai fait le test, et il avait l'air positif, mais je n'en n'étais pas sûre à cent pour cent parce que je n'ai pas l'habitude puisque c'est la première fois que j'en passe un. Alors je suis retournée à la pharmacie et j'ai posé des questions à la pharmacienne Marie-Ève, qui est vraiment charmante.

« J'ai passé le test d'urine, je veux dire le test de grossesse et il est positif.

— Félicitations », dit-elle.

J'ai plissé les lèvres.

« Quand il est positif, est-ce que ça veut dire que c'est positif ? »

Au moment où je disais ça, je me suis rendu compte que ça sonnait drôle et je voulais reformuler ma pensée, mais Marie-Ève a dit :

« Quand le test est négatif, ça ne veut pas dire à cent pour cent que vous n'êtes pas enceinte, mais quand il est positif, en général, ça veut dire que dans neuf mois... »

Je l'ai remerciée mais j'ai quand même pris un autre test, la *Rolls Royce* des tests. Pour le premier j'avais pris le bas de gamme : après tout, ce n'est pas un bibelot, tu pisses dessus, et après tu le jettes, alors pourquoi payer dix dollars ? Mais là je me suis dit : je vais prendre le plus cher, il ne pourra pas se tromper à ce prix-là et, en plus, si c'est deux tests positifs d'affilée. Lorsque je suis revenue chez moi, j'étais nerveuse surtout que, sur le chemin du retour, je suis passée devant une boutique de vêtements pour enfants. Dans neuf mois, ça sera peut-être mon tour.

Habituellement, quand je suis nerveuse, ça me donne envie de faire pipi, mais là, pas de pot, je n'avais pas envie. J'ai bu un litre d'eau, j'ai attendu que les précieuses gouttes d'or fassent entendre leur murmure dans la petite bouteille. Puis j'en ai versé sur les petites languettes, j'ai attendu et, là, j'ai su.

Même s'il était moins cher, le premier test ne s'était pas trompé. J'étais enceinte. C'est impossible, me suis-je dit. Mais, trois secondes plus tard, je me suis demandé comment Jean-Jacques allait prendre ça.

On aurait dit qu'il l'avait appris à distance, que ma pensée avait voyagé jusqu'à lui grâce à des fils invisibles et mystérieux, parce que j'étais encore à contempler le petit test concluant lorsque le téléphone a sonné : c'était lui. Est-ce que je lui annonce tout de suite la bonne nouvelle, ou est-ce que j'attends qu'il me donne la nouvelle que j'attends ?

Au début, il avait l'air embarrassé. Avait-il deviné ? Mais non, c'est imposible, il n'est pas voyant comme Pauline (d'ailleurs comment se fait-il qu'elle n'a pas vu, pour le bébé ?), c'est simplement parce que la bonne nouvelle qu'il a à me donner est mauvaise ou pas aussi bonne que je le voudrais.

« Est-ce que tu as parlé à ta femme ?

— Oui...

— Et puis ?

— C'est plus compliqué que je pensais.

— Elle menace de se suicider ?

— Non, ce n'est pas son genre, elle a une caisse enregistreuse à la place du cœur.

— Alors elle te demande une fortune pour le divorce ?

— Non, elle a dit : « Tu penses peut-être que je suis allée à Paris pour faire du shopping sur les Champs-Élysées, et pour que tu puisses te payer de petites vacances avec tes petites putains de service... »

— Elle m'a traitée de putain de service ?

— Mais non, elle ne te connaît même pas.

— Mais je l'ai rencontrée dans ton bureau l'autre jour.

— Oui, c'est vrai mais elle ne sait pas que nous sommes amants.

— Lorsque nous nous sommes parlé, pourtant, elle avait l'air d'avoir tout deviné. J'ai même pensé que tu lui avais tout avoué.

— Mais tu as tout nié ?

— Bien entendu.

— Moi aussi, et de toute manière elle ne te visait pas personnellement.

— Tu vois d'autres femmes ?

— Non, aucune, mais elle s'imagine que je couche avec toute la ville de Montréal comme si j'avais juste ça à faire ! Si je faisais juste le quart de ce dont elle m'accuse, je serais déjà dans un pot de formol à la faculté de médecine.

— Je crois que je vais devoir te donner le bénéfice du doute, jusqu'à preuve du contraire. Mais pourquoi est-elle allée à Paris ?

— Pour rencontrer un investisseur éventuel qui est très désireux de se porter acquéreur de ses actions dans ma maison d'édition. Si elle les lui vend, je ne suis plus patron chez moi et je suis à la merci du conseil d'administration qui peut me congédier du jour au lendemain. »

Il m'avait déjà tout dit ça cent quarante mille fois, c'était du réchauffé. Qui me refroidissait. D'abord je n'ai rien dit, je digérais la chose.

« Elle me tient, a-t-il ajouté. Je ne sais pas comment je vais faire pour me débarrasser d'elle.

— Annonce-lui que je suis enceinte de toi.

— Elle ne me croira pas.

— Si tu veux, je peux lui montrer les tests.

— Les tests ?

— Oui, les tests de grossesse. J'en ai passé un à sept dollars et un à douze. »

Il y a eu un silence au bout de la ligne, puis il a dit : « J'arrive. »

Et il a raccroché. Alors j'ai pensé qu'il avait trouvé l'idée bonne, qu'il allait en informer sa femme, faire sa valise et arriver.

J'étais nerveuse parce que je ne savais pas vraiment ce qu'il pensait, mais je pensais qu'il devait être ému d'attendre son premier enfant. Je sais que c'était un peu inattendu, mais parfois la vie est comme ça : des choses arrivent et forcent à prendre plus vite des décisions qui étaient remises. Ce qui n'est pas toujours une bonne chose parce qu'il peut être trop tard, et on regrette de ne pas avoir plongé quand il était encore temps.

Quand il est arrivé, il avait un gros bouquet de fleurs dans les mains, des fleurs sauvages, mais pas de valise. Il a dû partir trop vite, il n'a pas eu le temps de la faire. Les larmes me sont quand même venues aux yeux *because* les fleurs. C'est la deuxième fois qu'il m'en offre, et ça m'a fait encore plus plaisir que la première, même si ce n'était pas des roses. J'allais les mettre dans un vase lorsque Jean-Jacques a dit :

« Comment ç'a pu arriver ?

— Quoi ?

— Mais cette grossesse bien entendu, je pensais que tu prenais la pilule.

— Je la prenais...

— Et alors ?

— Laisse-moi terminer. Je la prenais mais quand nous nous sommes séparés, j'ai pris une pause puis j'ai recommencé, la semaine dernière, quand tu es arrivé sans t'annoncer.

— Tu aurais dû me le dire.

— Imagine-toi que je ne suis pas tireuse de cartes, je ne vois pas l'avenir, je ne savais pas que tu viendrais cogner à ma porte à minuit et que tu me supplierais de passer seulement deux minutes à côté de moi et qu'ensuite tu me baiserais toute la nuit, même si tu m'avais juré que tu ne me toucherais pas.

— Je... c'est vrai, je n'ai pas été correct mais quand même tu aurais pu me le dire.

— Ah bon ! parce que c'est ma faute...

— Écoute, excuse-moi, je... je ne veux pas t'accuser de quoi que ce soit. Tu es enceinte, et la seule chose qui compte, c'est que tu ne le restes pas. Et c'est pour ça que je suis venu tout de suite ici. Pour que ça se règle tout de suite. Tu ne peux pas être enceinte de bien longtemps. Pas plus qu'une semaine ?

— Non, évidemment...

— À moins, évidemment, que ce ne soit pas de moi. Est-ce que tu y as pensé, à ça ? »

J'ai eu envie de vomir, et ce n'est pas parce que j'avais la nausée. Je lui ai envoyé ses fleurs sauvages au visage et j'ai dit :

« Tu vas me faire le plaisir de sortir d'ici immédiatement. Si tu es venu ici pour m'insulter, si tu n'es pas capable de prendre tes responsabilités...

— Écoute, excuse-moi si je t'ai insultée, je... je ne doute pas que tu sois tombée enceinte de moi, et je veux prendre toutes mes responsabilités, je vais payer tout ce que ça coûtera.

— Tout ce que ça coûtera ?

— Oui, l'avortement, tiens, je suis même prêt à te signer un chèque tout de suite. »

Il tire son carnet de chèques de sa poche, et c'est comme s'il me tirait une balle en plein cœur. Il signe un chèque qu'il me tend : cinq mille dollars !

« Cinq mille dollars ?

— Oui, tu vas peut-être vouloir prendre de petites vacances, après, pour te reposer, et te remettre de tes émotions.

— Ton chèque, tu peux te le mettre où je pense ! »

Et je l'ai déchiré devant ses yeux, je le lui ai jeté au visage et je me suis dirigée vers la porte que j'ai ouverte.

Il m'a suivie.

« Tu fais une erreur, une grosse erreur, penses-y, moi, je n'ai pas envie de devenir père, comme ça, d'un seul coup, à cause d'une erreur d'un soir. Et au cas où tu ne le saurais pas, ce n'est pas parce que tu es enceinte de moi que ma femme va rentrer les griffes. Au contraire, elle va devenir une véritable tigresse, je suis fini si elle le... »

Il allait sans doute dire si elle l'apprend, mais il s'est retenu comme s'il avait peur que je fasse du chantage, que je n'utilise cette arme, un bébé, pour éliminer sa femme ! Il a ajouté :

« Elle va tout de suite entamer les procédures de divorce.

— Je pensais qu'elles étaient entamées depuis longtemps

— Elles le sont... dit-il embarrassé, elles le sont. »

Et là, je vois qu'il ment comme il respire et qu'il me prend pour une valise. J'ai juste dit :

« Pars. »

Il a compris. Il est parti.

Une heure après, il a rappelé, je n'ai pas répondu et il a laissé un long message en pièces détachées, parce que mon répondeur aime la concision : au bout de vingt secondes, il te dit adieu.

« Lisa, pense à ce que tu fais, ce petit accident d'un soir va changer toute ta vie. »

Ce n'est pas un petit accident, c'est un enfant. Un enfant qui est dans mon ventre. Et comme s'il avait lu dans ma pensée, comme s'il était devenu Pauline, il a dit à toute vitesse, comme s'il ne voulait rien oublier ou qu'il voulait pouvoir tout dire dans un seul message :

« Tu penses peut-être : il ne veut pas de mon enfant, c'est un monstre, il veut que je me fasse avorter. Mais Lisa, je ne suis pas opposé en principe à ce que nous ayons un enfant. Mais pas en ce moment, pas tout de suite. Pense à la vie de couple que nous pourrons d'abord avoir, les voyages, les vacances, la liberté, pense à cette vie de couple que nous ne pourrons jamais avoir parce que tu as décidé romantiquement que tu voulais garder ce bébé. »

Message interrompu puis nouveau message :

« Je ne sais pas ce qui a été coupé mais bon, je pense que tu as l'idée générale. Enfin pour être certain, je disais que tu nous supprimes toute chance d'avoir une vraie vie de couple. Tu nous fous une famille sur le dos parce que tu veux garder ce bébé, qui n'est même pas un bébé, qui n'est même pas un embryon, qui est juste un spermatozoïde égaré qui, un soir, est allé un peu plus loin qu'il aurait dû, et qui a fait une mauvaise rencontre. Alors t'en débarrasser ce n'est pas un crime, c'est juste comme si tu prenais la pilule avec une semaine de retard parce que chaque mois, de toute manière, tu te débarrasses du sperme encombrant en n'oubliant pas de prendre la pilule. Alors quelle est la différence ? »

Alors j'ai pris le répondeur, je l'ai soulevé au-dessus de ma tête et j'ai failli le lancer contre le mur. Ce serait bien si c'était le sien, mais c'est moi qui ai payé cette merveille de la vie moderne. Je l'ai reposé, et à la place, j'ai ouvert une bouteille de Santa-Reina — un vin chilien de dépanneur, c'est la déprime ! — mais juste avant d'avaler la première gorgée, je me suis demandé si je pouvais boire même si je suis enceinte. C'est juste au début, il ne doit pas y avoir de danger.

Journal de Charles

22 novembre

MALGRÉ CE QUI S'EST PASSÉ dans la salle de bains — K que j'ai surprise la main entre les jambes, scène qui ne me choque pas moralement mais seulement amoureusement, si je puis dire, comme si je ne la satisfaisais pas alors que j'étais persuadé de lui faire perdre la tête à volonté : quelle stupide prétention de ma part ! —, je suis quand même retourné chez elle. Presque tous les jours. Je ne pouvais me défaire de cette vision et, en même temps, j'étais incapable d'aborder la question avec elle.

Lorsque nous faisions l'amour, j'étais plus attentif que d'habitude. Les cris de l'orgasme, toute femme peut les feindre, même dans un restaurant en dégustant un sandwich, comme dans *When Harry Met Sally*. Mais ce tremblement irrégulier de son sexe après la volupté, et ces spasmes, était-elle si habile qu'elle pouvait les jouer ? Et si elle n'avait pas joui lorsqu'elle avait prétendu le faire, m'aurait-elle repoussé de manière si impérieuse, si la rose entre ses lèvres n'avait été véritablement irritable, si irritable qu'elle ne pouvait tolérer même le plus doux effleurement de ma langue, même mon souffle reconnaissant ?

J'étais perplexe.

Le vendredi, qui était le dernier soir avant que je revoie supposément H, j'ai préféré ne pas coucher chez K et elle n'a pas eu l'air d'aimer, comme si c'était mauvais signe, comme si ma décision était déjà prise, que j'avais décidé de refaire ma vie avec H. Elle y voyait un danger, avec ses antennes amoureuses qui percevaient tout, même si on tentait de tout lui dissimuler, même les choses qu'on ne savait pas encore soi-même, et c'était peut-être ce qui la troublait tant. C'était peut-être ce qui la portait à parler à toute vitesse pour être bien certaine qu'elle aurait le temps de tout me dire. Et surtout que j'aurais le temps de tout comprendre.

K a tenté de me retenir et m'a dit :

« Lorsque tu l'auras vue, que tu lui auras parlé, appelle-moi tout de suite, mieux encore, viens tout de suite me rejoindre, parce que moins tu passeras de temps avec elle, mieux ce sera pour toi. Elle n'est pas faite pour toi, et elle ne te fera que du mal. Tu comprends, je ne dis pas ça pour moi mais pour toi, juste pour toi et aussi un peu pour nous deux. Pendant que tu étais parti, pendant que nous étions séparés, j'ai su que nous étions faits pour aller ensemble, c'est notre destinée, et on ne peut y échapper. Alors chaque minute que tu passes avec elle, c'est une minute de moins pour nous et des minutes, il n'y en a pas tellement, lorsqu'on y pense. La vie est courte. Tu te couches un soir, tu te réveilles un matin et ton oreiller est déjà froid. C'est comme l'été, en septembre c'est déjà l'hiver. »

Et pendant qu'elle parlait, je comprenais à quel point elle m'aimait parce qu'elle n'avait même pas quarante ans et elle parlait comme une femme qui en a quatre-vingts et qui sait que le temps lui est compté. Elle était une virtuose lorsque venait le temps de me briser le cœur sans même le vouloir. Elle m'offrait le sien sur un plateau d'argent, parce qu'il y avait tant de distance entre nous, tant de distance. Ce qui nous séparait, ce n'était pas seulement l'âge, c'était la Voie Lactée, c'était l'encyclopédie en vingt volumes des divergences amoureuses. Et pourtant, toute la semaine, j'avais dormi dans ses bras, toute la semaine, j'avais serré son corps frêle contre le mien, j'avais mêlé ma langue à la sienne, j'étais mort dans sa bouche, sur son ventre, sur ses fesses soyeuses comme un divan des mille et une nuits.

Elle dit encore qu'en amour il y avait toujours des embouteillages, que ça prenait toujours plus de temps qu'on pensait pour se rendre d'un point « a » à un point « b », mais qu'on pouvait toujours prendre l'hélicoptère quand on voulait vraiment. Alors tout allait plus vite, on ne se faisait pas chier sur le terrain des vaches.

Je n'étais pas sûr de comprendre, alors je lui ai demandé ce qu'elle voulait dire. Elle a souri. Parce qu'elle aimait bien jouer avec moi les professeurs : Abélard, c'était elle et non pas moi. Malgré mes neuf ans de plus qu'elle, elle avait su dès le début qu'en amour elle en savait déjà deux fois plus long que moi. Elle a dit :

« C'est simple, tu as juste à ne même pas aller la retrouver, cette femme qui n'est pas faite pour toi, vos problèmes sont incurables. Ça n'a pas marché la première fois, ça ne marchera pas plus la deuxième. Quand ça ne va pas au lit, ça ne va pas nulle part dans un couple. Qu'est-ce que tu peux espérer : aimerais-tu ça t'endormir tous les soirs avec une femme si endormante, avec une femme qui est un vrai air climatisé ? Oui, le truc est simple. Tu peux éviter toutes sortes de discussions et de cris, simplement ne va pas la voir. Laisse-lui un message sur son répondeur, elle a un répondeur, non ? »

Oui, elle a répondeur. Et comme je ne disais rien d'autre, elle a ajouté :

« Si tu ne sais pas quoi lui laisser comme message, dis-lui simplement "ai rencontré le grand amour, serai absent pour les quarante prochaines années"?, je suis sûre qu'elle va comprendre. »

Je lui ai expliqué que je ne pouvais pas faire ça, que ça ne se faisait pas, pas entre adultes civilisés. Elle s'est assombrie, elle disait comprendre même si elle ne comprenait probablement pas comment on pouvait perdre quelques heures de grand amour quand c'est si rare. Son plaidoyer me donnait des larmes aux yeux parce que c'était du grand K, tout ce qu'elle avait dit, du spécial K, tout ce qu'elle avait expliqué, et j'étais sûr que je mettrais tout dans une anthologie d'elle, si jamais je la perdais à tout jamais. Parce que j'aurais été incapable de tourner la page, de croire que K était différente de H et qu'elle m'aimait vraiment pour ce que j'étais, pas pour un pouvoir, pas pour l'argent, que je n'aurai jamais.

Juste avant de partir, elle m'a arraché une promesse, elle m'a dit :

« Quoi qu'il advienne, jure-moi que tu ne passeras pas la nuit avec elle, jure-le moi !

— Je le jure. »

Mais c'était inutile. Elle m'a serré très fort dans ses bras, et elle a ajouté :

« De toute façon, tu sais que je vais m'en rendre compte si tu dors avec elle, parce que tu vas avoir des glaçons partout sur le corps, tu vas ressembler à l'abominable homme des neiges. Alors reviens au plus vite, je vais t'attendre, on va fêter toute la nuit, tu n'as encore rien vu. »

Et alors, malgré moi, j'ai pensé à cette scène curieuse dans les toilettes, et je me suis dit que ce n'était pas la fin du monde.

25 novembre, neuf heures du matin

JE SAVAIS qu'un jour ou l'autre j'entendrais parler de K, à qui, lâchement, je n'ai pas téléphoné. Peut-être pour qu'elle croie que je me suis réconcilié avec H, ce qui est impossible puisque je ne l'ai pas revue. Mais j'ai besoin d'être seul. De réfléchir.

À quoi? Je ne sais pas trop.

Peut-être simplement parce qu'avec K, les premiers degrés du désir sont derrière moi, et je ne peux vivre dans la tiédeur érotique.

Oui, par lâcheté, je n'ai pas téléphoné à K pour lui annoncer la mauvaise nouvelle, qu'elle doit avoir devinée, que je m'étais réconcilié avec H, sa rivale triomphante.

Pourtant, je savais que K se manifesterait d'une manière ou d'une autre, même si j'espérais qu'elle laisserait tomber, qu'elle aurait tout compris. Mais K n'est pas ainsi. Elle m'en a donné la preuve, si j'en avais besoin, en arrivant chez moi il y a une heure à peine, alors que je me préparais à aller travailler. Heureusement, j'avais passé la nuit seul. Avec qui aurais-je pu la passer puisque cette histoire de réconcilitation avec H est totalement inventée?

Lorsque j'ai vu K dans l'entrebâillement de la porte, je n'en menais pas large. Je ne savais pas quoi lui dire. D'ailleurs y a-t-il quelque chose à dire, quelque chose qu'elle ne sait pas déjà?

La colère ne l'embellit pas, mais puis-je vraiment faire la fine bouche avec elle, surtout après ce que je viens de lui faire subir?

«Tu es dégueulasse, dit-elle, vraiment dégueulasse. Je n'aurais pas couché avec toi si j'avais su que tu ne reviendrais pas avec moi. Tu n'es pas honnête.

— Je... je suis vraiment désolé. »

Ça n'a pas l'air de lui suffire. Elle est entrée en coup de vent dans l'appartement, et elle fonce dans le salon, avise le fusil au-dessus de la cheminée, s'en empare. J'ai juste le temps de la rejoindre avant qu'elle ne le pointe vers moi.

« Mais K, qu'est-ce que tu fais là? Tu es folle ou quoi?

— Je fais ce que j'aurais dû faire il y a longtemps.

— Il n'est pas chargé de toute manière.

— S'il n'est pas chargé, pourquoi est-ce que tu essaies de me l'arracher? »

Elle raisonne même dans sa colère.

« Écoute, K, c'est ridicule, vraiment ridicule. Tu vas me rendre cette arme immédiatement. »

Et pourtant nous poursuivons le combat. Elle est frêle, mais ne manque pas de force, une force que la colère paraît décupler. D'ailleurs non seulement elle est forte, mais elle est rusée parce que, sans que je comprenne comment, elle me donne un croc-en-jambe, je perds l'équilibre, et je tombe. Alors, triomphante, elle pointe l'arme vers moi.

« Tu vas me donner le numéro de téléphone de cette connasse. Immédiatement.

— Ça va te servir à quoi, K?

— Je vais lui téléphoner pour lui dire avec qui tu couchais pendant que tu réfléchissais.

— Calme-toi, K, calme-toi! Premièrement, tu vas arrêter de pointer ce fusil vers moi, ce fusil qui, comme je te le répète, n'est pas chargé.

— Tu es prêt à prendre le risque? Moi aussi. »

Et en disant cela, elle vise ma tête, s'avance vers moi.

Je me relève, lève aussi le bras, et, comme je ne lui dis toujours rien, elle se dirige vers le téléphone, auprès duquel se trouve mon carnet d'adresses qu'elle découvre triomphalement et dont elle s'empare. Elle appuie le fusil sur le bord de la table du téléphone pour pouvoir feuilleter plus aisément le carnet, ce qu'elle fait d'une main rapide. Elle ne tarde pas à trouver le nom de H et, au lieu de noter le numéro, arrache la page. Je choisis ce moment pour passer à l'action et me jeter vers elle mais, par réflexe, elle appuie sur la gâchette et, à mon étonnement, le coup part : le fusil était chargé !

Dans ma surprise, je recule et K pousse un cri de terreur, comme si elle m'avait tué. Le coup n'a rien fait sinon que d'égratigner le plancher de bois franc. K lâche le fusil, et je me me précipite pour m'en saisir, au cas où il resterait une deuxième cartouche. Émue par ce qui vient de se passer, par ce qui aurait pu se passer, K se contente de dire :

« Tu es malade, Charles, beaucoup plus malade que tu penses ! »

Puis elle ajoute :

« *You won't get away with that !* »

Et elle se dirige vers la porte, comme si elle avait renoncé à m'engueuler, comme si elle avait renoncé à sa vengeance.

Au cours de nos disputes, qui étaient fréquentes, elle me menaçait souvent en américain, pour être bien certaine qu'elle me disait exactement ce qu'elle pensait et aussi, peut-être, pour disposer d'une position de repli après la tempête.

Elle sort en claquant la porte, et le concierge, qui a entendu le coup de feu, arrive, l'air inquiet et me demande ce qui se passe. Un sourire niais aux lèvres, je recule de manière à pouvoir dissimuler les marques sur le plancher qu'il a lui-même verni l'été dernier et dont il est si fier. Je lui explique que le coup est parti tout seul pendant que je nettoyais tranquillement mon fusil en prévision de la chasse aux canards. Il sourcille : la chasse aux canards au mois de décembre ? J'ai expliqué : « Supposément qu'on n'aura pas d'hiver cette année, alors je veux être prêt lorsque viendra le printemps. » Il a hoché la tête, il avait encore l'air sceptique. Il a regardé le fusil, puis mes pieds comme s'il se doutait de quelque chose. Il a aussi regardé les murs pour voir s'il n'y avait pas de dégâts, mais comme il ne voyait rien, il est reparti. Dès qu'il a refermé la porte derrière lui, j'ai tiré sur le plancher égratigné un petit tapis qui était sous la table du téléphone.

Puis j'ai pensé, c'est dommage que tout se termine ainsi avec K, vraiment dommage, elle n'était pas mon genre, mais quand même. Nous avons été ensemble deux ans, nous avons eu de bons moments, et elle m'aimait, me le disait et me le prouvait. Je sais, c'est elle qui m'a quitté, et c'est elle qui m'a téléphoné la semaine dernière, et qui m'a séduit (je n'aime pas cette expression, parce que je me suis laissé faire, parce que j'étais content de la retrouver). La promesse qu'elle a obtenue de moi, elle me l'a pour ainsi dire arrachée sans que j'aie le temps d'ouvrir la bouche, mais j'aurais quand même pu avoir la décence de lui téléphoner même si j'avais décidé de ne pas me réconcilier, pour lui dire que les choses ne se passeraient pas comme elle le voulait, que j'étais désolé, plus désolé qu'elle ne pouvait le penser, mais qu'elle et moi, c'était le passé : nous n'avions pas d'avenir.

Je me suis dit qu'elle avait peut-être raison. Freud a dit : « L'homme est un animal malade », mais s'il m'avait connu, s'il m'avait compté parmi ses patients, il aurait peut-être dit que l'homme est un animal très malade.

Oui, K a peut-être raison, je suis peut-être plus malade que je ne le pense. Comme je suis malade mentalement, je ne le sais pas parce que je suis à la fois partie et juge, et le juge est hors d'état. Non pas hors d'état de nuire, si j'en juge par les désordres de ma vie amoureuse et le chagrin que je sème autour de moi.

Dès que j'ai quitté les rivages exaltants du deuxième ou du troisième degré du désir, dès qu'il me faut m'accommoder de la banalité, des compromissions du quatrième degré, je préfère partir, tenter de retrouver avec une autre femme l'exaltation des débuts.

Ma sincérité me condamne-t-elle? Suis-je un drogué du désir?

Du sexe?

Oui, suis-je immature?

Alors que je pensais à toutes ces choses, la neige s'était mise à tomber, une des ces grosses neiges molles et inoffensives de la fin novembre. Et je revoyais K, et je me demandais pourquoi je ne l'aimais pas, elle qui m'aime tant. Elle est prête à tout pour que je l'aime, et moi je la traite comme la dernière des dernières. Est-ce précisément parce qu'elle m'aime trop? Celles qui aiment trop ne sont-elles pas toujours perdantes, du moins avec moi, parce que, par quelque force obscure et inconnue de moi, je me refuse systématiqument à leur amour?

Puis j'ai pensé: elle n'appellera pas H, c'est impossible. Elle va se rendre compte de l'inutilité de la démarche puisque je lui ai dit que je ne souhaitais pas retourner avec elle, malgré la semaine que nous avions passée ensemble. Puis je me suis dit: de toute manière, si elle l'appelle, H ne comprendra pas, elle se demandera ce que peut bien être toute cette histoire puisqu'il n'a jamais été question qu'elle quitte son ami et revienne avec moi.

J'ai raccroché prudemment le fusil là où K l'avait pris, au-dessus de la cheminée, et j'ai pris ces quelques notes dans ce journal en me disant qu'il aurait fort bien pu se trouver que mon entrée précédente ait aussi été la dernière si le fusil avait pointé vers ma tête et non vers le plancher, que ce n'avait été qu'une question d'angle. De géométrie du destin.

27 novembre, tard le soir

De RETOUR À LA MAISON, sur mon répondeur, il y avait un message de K, un message dévastateur, qui disait ceci : « J'ai eu une longue conversation avec H, une conversation très intéressante. Maintenant elle sait tout, tout ce que tu as fait avec moi pendant la semaine et je lui ai répété tout ce que tu m'as dit à son sujet, qu'elle faisait l'amour comme la reine d'Angleterre (je n'ai jamais dit ça et je ne sais pas comment baise Elizabeth II, mais bon, visiblement ce n'est pas un compliment !), qu'elle était un iceberg au lit et que si le *Titanic* avait foncé sur elle, il aurait coulé encore plus rapidement que dans la vraie vie. D'ailleurs elle a paru surprise que je l'appelle, elle m'a bien dit qu'il y avait des mois que vous ne vous étiez pas revus et que toute cette histoire de semaine de réflexion était purement inventée. Tu es malade, Charles, complètement malade, et je ne veux plus jamais te revoir. Bon, c'est à peu près tout, je vais te laisser parce que je suis en réunion, comme tu dis si souvent, avec un homme qui n'a pas cent quarante ans comme toi et qu'il ne faut pas pomper pendant des heures avant qu'il se passe quelque chose. En tout cas, j'espère que tout va bien aller pour toi. Ah oui, un dernier détail : *fuck you, asshole* ! »

Je me suis dit : c'est un désastre. Maintenant j'ai perdu K à tout jamais. Pourquoi avoir inventé cette ridicule histoire avec H ?

C'est peut-être mon destin d'être seul, parce que je ne me nourris que des premiers degrés du désir, qui, par essence, sont éphémères.

Est-ce que le jeu en vaut la chandelle ?

Journal de Lisa

3 décembre, soir

COMBIEN DE JOURS SE sont ÉCOULÉS depuis que j'ai eu ma dernière conversation avec Jean-Jacques? Huit jours, dix jours? Il faudrait que je vérifie dans ce journal mais relire les dernières pages, en suis-je capable? En ai-je vraiment envie? Chose certaine, il ne m'a pas rappelée depuis. Je me sens un peu humiliée, déçue et, en même temps, j'éprouve une joie secrète: j'ai cet enfant qui pousse dans mon ventre.

Ce que j'aimerais pouvoir en parler à quelqu'un.

À Philippe?

Je lui ai déjà fait assez de peine, et depuis notre dernière conversation il n'a plus téléphoné. Beau comme il est, il a sans doute déjà rencontré quelqu'un.

À maman?

Elle ne comprendra pas, elle va s'affoler. Elle va dire le père est parti qu'est-ce que tu vas faire, tu n'as pas de mari? Je vais répondre que je ne me cherche pas un mari. Que même si Jean-Jacques revenait repentant, ce serait non...

Être enceinte, je ne pensais pas que c'était ainsi. Sentir quelqu'un, là, dans ton ventre, minuscule et pourtant vivant, merveilleux parce qu'il deviendra un enfant, un prolongement, un modèle réduit de toi, une petite réplique à qui tu pourras donner la réplique toute ta vie, si bien que jamais plus tu ne seras seule...

Si papa était plus moderne, je lui en parlerais et il m'aiderait peut-être, mais si je le lui disais, il faudrait aussi que je lui dise qui est le père, et il entrerait dans une de ces colères.

Louis...

Qu'est-ce qu'il aurait dit, Louis, si j'étais tombée enceinte de lui par accident?

Il aurait peut-être dit mille et une choses mais jamais il ne serait parti ou m'aurait dit d'aller à la clinique parce qu'il avait des principes. Pas avec les femmes, mais avec les enfants.

Tandis que Jean-Jacques...

Je sais, cette nouvelle n'est pas arrivée au moment idéal, avec tout ce qu'il traversait avec sa femme et la maison d'édition, mais il aurait pu se montrer moins dur, plus compréhensif et surtout plus confiant en l'avenir. En notre avenir.

Je ne vois pas pourquoi je dis notre avenir, alors que de toute évidence...

Je pense encore à lui, même si je ne devrais pas, même si je sais qu'il ne m'aime pas. Il y a tout ce que sa femme m'a dit à son sujet et qui est sans doute vrai, que je ne suis qu'une parmi tant d'autres, et puis il y a cette grossesse qu'il refuse. Et son silence.

Faut-il qu'on me fasse un dessin plus grand, plus clair?

Non, il ne m'aime pas, ne m'a probablement jamais aimée, il m'a seulement utilisée, parce qu'un soir, au Ritz, il a voulu voir sous ma robe ou il a voulu rendre jalouse celle qui ne voulait pas le laisser regarder sous la sienne.

5 décembre

Toute la journée, j'ai pensé à Jean-Jacques et je n'étais pas vraiment capable de travailler. Dans le manuscrit que je lisais, je voyais juste des scènes de notre liaison, ce qui, du reste, était une consolation, parce qu'il n'y avait pas d'histoire.

Oui, je pensais à Jean-Jacques, et à l'enfant qui est en moi.

Qu'est-ce que je vais faire ? Qu'est-ce que je vais faire ?

Le garder, c'est bien beau, mais après ? Pendant les vingt prochaines années, est-ce que je vais aimer ce rôle de mère célibataire ?

Je sais, il y a beaucoup de femmes qui l'ont fait avant moi, et le monde étant ce qu'il est, il y en a beaucoup qui le feront après.

Mais j'ai à peine vingt et un ans, et j'ai vu ce qui est arrivé à maman. Bien sûr, je m'en suis bien sortie, mais elle, pendant vingt ans, a-t-elle eu une vie ? Était-ce une vie de ne pouvoir s'occuper d'elle parce qu'elle devait s'occuper de moi et travailler comme une folle pour boucler les fins de mois ?

Au fond, je suis folle, je ne devrais pas hésiter, je devrais me réjouir de ce qui m'arrive, même si ce n'est pas exactement ce que j'avais prévu : ça ne l'est jamais de toute façon.

Parce que la nuit dernière j'ai fait un rêve et j'ai su : j'ai su que ce serait une fille.

Oui, une fille...

Dans mon rêve, elle était blonde et elle était belle et elle me souriait.

Cet après-midi, en rentrant du bureau, je me suis arrêtée dans une boutique pour enfants, et j'ai craqué devant un petit pyjama rose de poupon : il coûtait une fortune, mais c'est mon premier enfant et en plus, c'est une fille, alors je n'ai pas regardé à la dépense. Je l'ai acheté.

J'ai vu aussi un petit berceau, mais il coûtait deux cents dollars. J'ai respiré par le nez : je vais attendre un peu et quand je ne pourrai plus cacher la vérité, quand mon ventre la criera sur les toits, je demanderai à maman de me donner le berceau dans lequel j'ai poussé mes premiers cris.

J'ai placé le petit pyjama rose sur mon deuxième oreiller qui est inutile et qui n'est pas prêt de servir parce que les hommes, pour le moment...

Je me sens seule, mais lorsque je regarde le petit pyjama qui semble me tendre les bras, les larmes me viennent aux yeux.

7 décembre

J'AI VOMI deux fois pendant la journée, et j'étais tellement pâle que mon patron m'a dit d'aller me reposer. Seule dans mon appartement, j'ai pleuré. Je pensais à Jean-Jacques, qui est parti et ne reviendra pas tant que je ne lui dis pas que...

Est-ce que je fais vraiment le bon choix ?

Est-ce que je vais pouvoir être heureuse sans lui ?

C'est sûr, j'aurai un enfant, une petite fille. J'ai déjà choisi son nom, je l'appellerai Lydia, je ne sais pas pourquoi, c'est comme ça...

Pourquoi la vie est-elle si compliquée, pourquoi ne peut-on avoir une chose sans en perdre une autre, une autre qui est tout aussi précieuse?

Si j'attends trop, je perdrai Jean-Jacques pour toujours, tandis que si je fais ce qu'il veut que je fasse, il me reviendra et nous aurons toute la vie pour avoir cet enfant que je porte au mauvais moment.

12 décembre

Toute la nuit, j'ai pleuré. À mon réveil, j'avais pris ma décision. J'ai appelé à la clinique, une clinique dont Esther m'avait parlé parce qu'elle avait eu un petit accident de parcours qu'elle avait voulu corriger. J'ai pris rendez-vous pour me faire avorter. Ils m'ont demandé est-ce que c'est urgent? J'ai répondu que j'aimerais que ça se fasse avant Noël.

Ils m'ont donné rendez-vous dans une semaine.

J'ai dit merci, et je me suis dépêchée de raccrocher pour ne pas que la secrétaire m'entende pleurer.

Tout de suite après, j'ai voulu jeter le petit pyjama rose qui attendait sur mon oreiller, mais je n'ai pas pu. Je l'ai rangé dans le fond de mon armoire parce que je savais que je ne pourrais plus le regarder.

19 décembre

Toute la semaine, j'ai hésité, toute la semaine, j'ai pensé à Lydia.

Et à Jean-Jacques...

Je me suis dit que je ne pouvais pas faire ça, pas à Lydia, et, pourtant, je me suis rendue à la clinique.

Autour de moi, dans la petite salle d'attente, il y avait trois ou quatre femmes qui avaient l'air enceintes comme moi. Un petit peu plus que moi parce que leurs seins étaient gonflés, leur ventre aussi, tandis que moi, même après un mois de grossesse, j'étais encore mince comme une liane.

Quand la secrétaire a dit mon nom, je me suis levée, mais à la dernière seconde je me suis dit : si maman avait pensé comme toi, tu ne serais pas là aujourd'hui. Alors au lieu d'entrer dans le bureau du médecin, je suis sortie presque en courant.

Chez moi, je me suis dépêchée de remettre le petit pyjama rose sur l'oreiller, et j'ai dit :

« Lydia, je ne t'abandonnerai jamais. »

20 décembre, après-midi

Ce matin, je me suis réveillée tout en sueurs. Pendant la nuit, j'avais fait un rêve, un rêve horrible. J'étais sur un lac dans une barque et il y avait un enfant qui criait parce qu'il se noyait. J'ai tendu la main trop lentement, et le petit enfant s'est noyé. J'éprouvais une sensation étrange entre les jambes, une sorte de chaleur humide. J'ai soulevé mon drap, et j'ai vu du sang, une mare de sang. D'abord j'ai pensé que j'étais menstruée, c'est impossible, j'étais enceinte. Alors j'ai averti la maison d'édition de mon retard, et je suis allée à la clinique d'où je m'étais littéralement enfuie au dernier moment. Ils m'ont tout de suite prise et ils m'ont dit que j'avais fait une fausse couche, que je devrais subir un curetage. Je me suis mise à pleurer, j'ai pensé : mon rêve s'est réalisé, c'est un cauchemar. Le bébé de mon rêve, avec sa belle tête blonde et le pyjama rose, c'était Lydia...

Lydia...

Lydia...

Mon bébé...

Que je ne verrai jamais...

Lorsque tout a été fini, j'ai dit à l'infirmière :

« Dites-moi, est-ce que c'était une fille ?

— On ne sait pas, pas à un mois, et de toute façon, ne pensez plus à ça, ça va juste vous faire du mal. Joyeux Noël malgré tout. »

Ne pensez plus à ça !

Comme si je pouvais penser à autre chose.

En rentrant chez moi, j'ai tout de suite pris le petit pyjama rose et je me suis mise à l'embrasser en disant pardon, pardon, je ne voulais pas te perdre, Lydia, je ne voulais pas te perdre. Je sais, tout est ma faute, tout est ma faute. Quand je suis allée à la clinique, tu t'es dit que je ne voulais pas de toi, que je ne t'aimais pas, que je ne voulais pas être ta mère. Alors tu es partie de toi-même, tu t'es dit je ne serai pas son enfant, puisqu'elle ne veut pas de moi.

21 décembre

CET APRÈS-MIDI, j'avais pris un somnifère parce que je n'en pouvais plus. Il fallait que je dorme, que je ne pense plus, mais ma culpabilité me poursuit même lorsque je dors, parce que j'ai fait un cauchemar. Je l'ai vu une fois de plus, j'ai vu ce fantôme, cette forme noire qui me hante depuis des semaines. À nouveau, c'était un loup, un loup horrible et noir avec des yeux rouges, et sur son dos aux longs poils luisants, il y avait un petit enfant avec des cheveux blonds : c'était Lydia, et elle me regardait comme si j'étais sa maman.

Lydia...

Lydia...

Je ne cesse de penser à elle.

Qui est partie.

Parce que je suis allée à la clinique, même si je suis sortie avant qu'on ne me la prenne.

Lydia...

Si au moins je pouvais le crier à quelqu'un.

Mais il n'y a que Jean-Jacques qui le sait.

Jean-Jacques...

22 décembre, trois heures de l'après-midi

CE MATIN, en me levant, il fallait que je fasse quelque chose, que je parle à quelqu'un sinon j'allais sombrer. Je me suis dit : « C'est un malheur, un grand malheur qui t'a frappée mais maintenant que tu as perdu Lydia, tu vas peut-être te réconcilier avec Jean-Jacques. C'est peut-être ce que la vie, ce que le destin a décidé : que tu perdes Lydia pour retrouver Jean-Jacques. »

Jean-Jacques de qui, dans un an, dans cinq ans — tu es encore jeune — tu retomberas peut-être enceinte. Cette fois-là pour de bon.

Alors j'ai décidé d'aller le voir au bureau. Lorsque je suis arrivée, sa secrétaire avait l'air un peu surprise. C'était une atmosphère de fête, parce qu'il y avait eu le déjeuner de Noël des employés, et tout le monde semblait de bonne humeur et personne ne travaillait.

« Je suis venue voir M. Le Gardeur, lui ai-je annoncé. »

— Vous ne pouvez pas entrer, il est avec quelqu'un. »

Mais je ne l'ai pas écoutée et elle n'a pas eu le temps de m'empêcher d'entrer.

Lorsque j'ai poussé la porte de son bureau, j'ai vu qu'il était effectivement en rendez-vous, mais en rendez-vous galant.

Patricia était assise sur le canapé, et sa robe était ouverte et laissait voir ses seins aux hormones. Jean-Jacques était assis près d'elle et l'embrassait. Il a eu l'air surpris de me voir, elle aussi. Il s'est tout de suite levé et a dit :

« Ce n'est pas ce que tu penses !

— Joyeux Noël, chien sale. » Je suis sortie.

Journal de Charles

Dans trois jours ce sera Noël, deux en fait, parce qu'on fête traditionnellement le 24 au soir et que nous sommes le 22.

Noël, ça n'a jamais été ma fête.

En général ça me déprime. Peut-être parce que c'est une fête de famille, et moi j'en ai une notion plutôt abstraite malgré mes quelques années de mariage et ma fille Lisa que j'adore.

Mes parents se sont séparés lorsque j'avais cinq ans et ils sont morts lorsque j'avais neuf ans, le même jour, des suites d'une tentative de réconciliation : dans un accident d'avion qui les amenait au Mexique pour une seconde lune de miel. Il faut croire que le mariage ne leur faisait pas : c'est peut-être héréditaire, va savoir.

Comme je n'avais pas de parents proches, j'ai ensuite fait neuf familles d'accueil : le mot « accueil » me fait sourire parce que si ces familles avaient été vraiment accueillantes, je n'en aurais pas fait la désolante collection, et je n'aurais pas dû les fuir, lorsque je n'en étais pas chassé. Je revendiquais légitimement ma part à table, et j'estimais ne pas avoir droit à une ration de gifles plus importante que les véritables enfants de la famille.

On me rangea rapidement dans la catégorie des caractériels, ce qui m'a sûrement aidé dans ma profession où je dois composer tous les jours avec les ego hypertrophiés des auteurs : à quelque chose malheur est bon.

À seize ans, j'ai commencé ma vie adulte, et j'ai loué un appartement le jour même où je me suis trouvé un emploi de messager dans une maison d'édition. La directrice générale me trouvait mignon et trouvait son mari aussi ennuyeux que Charles Bovary. C'est elle qui m'a initié à l'amour, et qui ensuite m'a enseigné le métier.

Je serais sans doute resté là plus longtemps, parce que j'étais rapidement devenu son assistant, si son mari, à qui appartenait la boîte, n'avait pas découvert le pot aux roses — un soir que je faisais des heures supplémentaires dans le bureau de sa femme. N'eût été de ses cent vingt kilos, il aurait sans doute réussi à m'attraper et à m'égorger. À la place, il m'a congédié. Mais j'avais pris goût à la chose, je veux dire à la chose littéraire et j'ai continué dans le métier.

Aujourd'hui, j'ai profité du fait que je suis en vacances depuis hier — il était temps, car à la maison d'édition, avec tous les ennuis du patron, l'atmosphère est irrespirable... — pour faire des courses. Je suis toujours à la dernière minute pour mes cadeaux de Noël qui, du reste, ne sont pas nombreux : parce que ma famille se limite à Lisa à qui je ne sais jamais quoi offrir.

Finalement, malgré la horde de retardataires qui, comme moi, envahissaient les magasins, j'ai fini par trouver quelque chose pour Lisa.

Noël, ça rend nostalgique. Je me suis mis à penser à K.

Je me suis dit : K me donnera peut-être une dernière chance, malgré le mensonge que je lui ai raconté.

Elle me pardonnera, elle me reprendra parce qu'elle m'aime, c'est dans son sang. Ce que je lui ai fait n'est pas très joli, mais je lui expliquerai que c'était une erreur. Elle aussi t'a quitté, donc nous sommes quittes : nous pouvons revenir ensemble.

Je me suis dit : pourquoi ne la surprends-tu pas chez elle ? Oui, elle a toujours aimé les visites surprise.

Après une hésitation, je me suis rendu chez elle, mais il n'y avait personne, en tout cas elle n'a pas répondu. Mais sa Jetta noire était garée dans la rue, pas loin. J'aurais vraiment aimé la voir. Vraiment. Pourquoi n'est-elle pas là ? Je me suis dit : elle n'est pas à mon service, surtout pas après ce que tu lui as fait...

Je suis retourné chez moi, et j'ai eu un petit moment de dépression même si j'ai un moral à toute épreuve.

J'ai pensé à K, à nouveau.

Alors à ce moment précis, je me suis rappelé un rêve curieux que j'avais fait pendant la nuit. Il y avait un homme avec une soutane brune qui m'emmenait dans une pièce vide et qui me disait : « Cette chambre, c'est ton passé, le comprends-tu ? »

24 décembre, sept heures du soir

Depuis deux jours, je tente en vain de joindre K. Je n'ose laisser un message sur son répondeur, je veux lui parler de vive voix. Je commence à m'inquiéter, à penser qu'elle a peut-être fort mal pris notre rupture, puis pris une dose massive de Prozac ou je ne sais quoi, et qu'elle est morte pendant que je pense à elle comme si elle était encore de ce monde, comme si nous avions encore une chance de nous réconcilier... J'ai pensé appeler Jean, son cousin qui me l'a présentée et qui, en général, connaît assez bien ses allées et venues.

Et ses déboires aussi.

Jean a dit :

« K n'est pas à Montréal, elle est partie.

— Partie ?

— Oui. Pour l'Europe.

— Pour l'Europe ?

— Oui.

— Pour combien de temps ?

— Je ne sais pas, mais comme elle n'est pas obligée de travailler pour vivre... »

Il marque une pause et ajoute :

« Après tout ce qui lui est arrivé, je pense qu'elle avait besoin de vacances.

— Oui, c'est vrai...

— En tout cas, j'espère que ça va lui permettre de réfléchir.

— De réfléchir ?

— Oui, au sujet de sa grossesse.

— Elle... elle est enceinte ?

— Tu ne savais pas ?

— Mais non... mais de qui au juste ? Enfin si je ne suis pas indiscret.

— Mais non, idiot, tu n'es pas indiscret. Est-ce que tu te moques de moi ? Elle est enceinte de toi.

— Je ne comprends pas, il doit y avoir une erreur, je ne veux pas entrer dans les détails, mais à la façon dont on faisait l'amour c'est impossible.

— Écoute, a dit Jean un peu agacé, moi non plus je ne veux pas entrer dans les détails. Je peux juste te dire qu'elle est enceinte et qu'elle est décidée à garder l'enfant, malgré tout ce qu'on lui a dit, Z et moi. J'espère seulement qu'elle va revenir à la raison. Je ne peux pas te parler plus longtemps, nous sommes en pleins préparatifs car nous recevons pour le réveillon. En tout cas, désolé que tu aies appris la nouvelle dans de pareilles circonstances. Joyeux Noël quand même... »

J'ai raccroché, ébranlé.

K est enceinte.

De moi.

Comment est-ce possible ?

J'ai cherché pendant quinze minutes au moins.

Puis la lumière a jailli, j'ai tout compris : elle m'a piégé. Comme un débutant.

Lorsque nous nous sommes revus, comme elle se doutait — ou même savait avec ses véritables dons de sorcière ! — que les choses n'iraient pas comme elle le voulait, même si nous faisions l'amour tous les soirs, elle a voulu prendre une police d'assurance : aux toilettes, lorsque je l'ai surprise après l'amour, elle ne se caressait pas sans vergogne comme je l'ai cru stupidement, elle s'imprégnait de ma semence. Malgré ma colère, j'éprouve un élan d'admiration à son égard. Pendant que je croyais la posséder en m'épanchant inoffensivement dans sa bouche toujours offerte, c'est elle qui me possédait !

Maintenant et pour le reste de ma vie, elle aurait un lien avec moi, il y aurait toujours cet enfant entre nous.

Si j'avais pensé devenir père à nouveau...

J'avais toujours cru que je n'aurais jamais d'autre enfant que Lisa...

Lisa...

Lisa la belle, Lisa la brillante...

Parfois je me dis que dans des circonstances aussi particulières, étant donné que je suis seul, ce serait chouette que nous passions Noël tous ensemble, Lisa, sa mère et moi.

Journal de Lisa

24 décembre, cinq heures de l'après-midi

Cᴇ ꜱᴏɪʀ, c'est Noël et je vais le passer avec maman, parce que si je le passais avec papa, elle aurait trop de peine, et puis c'est une tradition (j'allais dire : dans la famille mais pour ce qu'il en reste !) depuis que je suis jeune. Papa, lui, je ne sais pas avec qui il va passer Noël. On ne sait jamais d'avance avec lui, il change tellement souvent, c'est presque une maladie.

Maman...

Papa...

Ce serait bien quand même si un jour on passait le réveillon de Noël tous ensemble, maman, papa et moi... Mais je ne pense pas que ça arrivera un jour. Surtout que maman va se marier en janvier et qu'elle va forcément passer Noël avec son fiancé.

Je ne pense plus à Jean-Jacques, on dirait qu'il est enfin sorti de mon esprit, que je suis guérie de lui, comme d'une fièvre qui serait brusquement tombée sans qu'on sache pourquoi et qui, pourtant, avait résisté à tous les remèdes.

Quand je l'ai vu dans son bureau avec Patricia, je l'ai trouvé laid, comme si son vrai visage — son âme en fait

— se superposait à sa belle gueule de séducteur à la manque ! Il m'a dégoûtée. J'ai pensé à tout ce qu'il m'avait fait, à tous ses mensonges et je me suis dit qu'il n'en valait pas la peine. Ce que sa femme a dit de lui était vrai, il voulait juste s'amuser pendant quelques semaines. J'étais sa collation, son amuse-gueule et maintenant c'est Patricia qui le distrait en attendant qu'il lui trouve une remplaçante.

Curieusement, depuis que je ne pense plus à lui, je me suis mise à penser à Philippe.

Je pense à toutes les gentillesses qu'il a eues pour moi, à toutes les choses romantiques qu'il a imaginées pour me plaire : cette invitation à déjeuner en première page de *La Presse*, Duras qu'il s'était mis à lire pour me plaire — il faut le faire, surtout pour un courtier ! — la boucle d'oreille manquante, le dîner à la chandelle au *Ritz*, et puis la soirée dansante, ces valses de Strauss, et puis la grosse boîte à surprise livrée à mon appartement.

Et je pense encore plus à ces longues conversations que nous avons eues, parfois jusqu'à tard dans la nuit. À sa tendresse avec moi. À son amitié. Je suis mal foutue, vraiment mal faite, pourquoi avoir choisi le mauvais numéro ? C'était évident pourtant que Jean-Jacques n'était pas fait pour moi : il avait le double de mon âge, il était marié, coureur... Et je me suis accrochée absurdement à lui et, pendant ce temps, j'ai laissé échapper un homme adorable, un homme qui était patient avec moi, qui m'écoutait, qui me respectait, qui m'aimait et qui m'aurait rendue heureuse.

Maintenant il est trop tard.

À cette heure, et surtout après ce que je lui ai dit, il a sans doute fait une grosse croix sur moi, et il a rencontré quelqu'un, parce qu'avec sa gueule, son charme, son humour et son romantisme, c'est mathématique, il ne peut pas rester seul longtemps.

Puis j'ai pensé lui téléphoner. Il n'est peut-être pas trop tard.

Mais pour lui dire quoi?

Mais pour lui souhaiter joyeux Noël!

C'est une excuse en or.

J'ai composé son numéro mais, au dernier moment, j'ai raccroché, j'étais trop gênée.

Je me suis dit: va porter ton chat à ta vieille voisine puis va faire ton jogging pour te changer les idées, c'est de ça dont tu as besoin: courir, courir le plus longtemps possible. En revenant tu lui téléphoneras.

J'allais sortir, avec George dans mes bras, lorsque le téléphone a sonné. J'ai pensé que ça devait être maman qui voulait savoir à quelle heure j'allais arriver pour le réveillon. Je la rappellerai. Je ne sais pas pourquoi — mon petit doigt? — j'ai attendu, le répondeur s'est enclenché et j'ai entendu la voix de Philippe.

Je n'en croyais pas mes oreilles, c'était de la vraie magie, je pensais justement à lui parler, c'est de l'authentique synchronisme comme dirait Pauline qui va jubiler lorsque je vais lui raconter ça. Tout s'arrange, mais une chance que j'ai attendu, sinon je... j'aime autant ne pas y penser! J'ai laissé tomber George un peu brusquement sur le plancher, mais elle retombe toujours sur ses pattes, comme toute chatte qui se respecte. Je me suis précipitée sur le téléphone, j'ai décroché.

«Ah! a dit Philippe à l'autre bout du fil, je pensais que tu n'étais pas là.

— J'allais sortir faire mon jogging.

— Je ne te dérange pas?

— Non, non...

— Tu vas bien?

— Oui... »

J'allais lui dire que Jean-Jacques et moi c'était fini, mort et enterré, que j'étais enfin libre, guérie et prête à tout avec lui, mais il ne m'en a pas laissé le temps. Il a dit d'une voix un peu nerveuse :

« Bon, écoute, je ne te parle pas longtemps, je sais que tu dois être débordée en cette veille de Noël. Je... je voulais juste te souhaiter joyeux Noël et te dire — tu vas être contente — que j'ai finalement rencontré quelqu'un.

— Ah ! Je... je suis contente en effet... tu... tu le méritais... je... je ne peux pas te parler longtemps parce que j'ai des courses à faire, mais on se rappellera. En tout cas, joyeux Noël...

— Joyeux Noël à toi aussi. »

J'ai raccroché et je me suis mise à pleurer, puis j'ai repris George dans mes bras et je me suis dit : va courir, va courir.

J'ai essayé de faire semblant que je n'avais pas pleuré quand je suis arrivée chez ma voisine parce que c'est Noël et qu'elle est vieille et qu'elle a déjà sûrement assez de ses propres malheurs.

Elle était contente de me voir, comme toujours.

Je lui ai demandé si elle pouvait garder George, parce que je lui ai expliqué que je partais pour un petit voyage. Elle a dit : « Avec plaisir, partez aussi longtemps que vous voudrez. Vous savez que j'ai toujours adoré les chats, mais mon mari, lui, ne les aimait pas. Il n'y a rien de parfait. »

Elle m'a fait une tasse de thé. Parce qu'elle est gentille, et aussi peut-être pour me garder un peu plus longtemps, les vieux font ça, parce qu'ils n'aiment pas rester seuls : ils pensent trop souvent à la mort, c'est déprimant. Les jeunes aussi font ça mais ils ne savent pas pourquoi. Ils pensent qu'ils ont tout le temps dans leur poche, et puis, un jour, ils traversent la rue et *bang*! ou bien quelqu'un leur brise le cœur, et ils avalent un flacon de tranquillisants.

J'ai quand même pris trois tasses de thé, quarante sortes de biscuits et même un morceau de gâteau aux fruits qu'elle avait fait spécialement pour Noël et que j'ai mangé pour lui faire plaisir car depuis ce qui m'est arrivé, je n'ai plus d'appétit. J'ai toujours envie de vomir, comme si Lydia était encore dans mon ventre. Puis, ma voisine a dit : « Vous partez pour où, au juste, vous ne m'avez pas dit...

— Pour le bord de la mer à Puerto Vallarta, j'ai besoin de soleil. L'hiver est à peine commencé et déjà je n'en peux plus.

— Je vous comprends, moi c'est pareil mais avec ma pension de vieille... »

Elle n'a pas dit de vieillesse, et j'ai trouvé ça drôle et triste. Avant que je parte elle a ajouté :

« Voulez-vous que je vous enveloppe un petit morceau de gâteau aux fruits, moi toute seule, je ne viendrai jamais à bout de le manger.

— C'est gentil mais non, merci. »

Elle a froncé ses beaux sourcils tout blancs.

« Vous ne l'aimez pas ?

— Ce n'est pas ça, mais sur la plage, le gâteau aux fruits...

— C'est vrai, où avais-je la tête ! »

J'ai souri.

« Joyeux Noël, et merci pour George. »

Puis j'ai flatté George, et j'ai senti que ça me faisait plus de peine que je pensais de la quitter, mais je suis partie quand même.

Dehors, je me suis rendu compte qu'il faisait plus froid que prévu, et, comme je n'avais pas pris la peine de mettre un foulard, je suis rentrée en chercher un.

Dans ma chambre, j'ai vu le petit pyjama inutile et rose de Lydia et je me suis encore mise à pleurer.

Décidément il y a des Noëls moins drôles que d'autres.

J'ai allumé mon ordinateur, et j'ai pris ces notes dans mon journal.

Maintenant je vais aller courir.

Courir, le plus longtemps possible, parce que c'est mon *Prozac* à moi, courir en espérant oublier tout ce qui s'est passé cette année...

Jean-Jacques.

Que j'ai aimé et qui ne m'aimait pas.

Philippe.

Qui m'aimait et que je n'aimais pas.

Et qui a rencontré quelqu'un.

Au moment même où je réalisais que je l'aimais.

Et Lydia.

Lydia, la petite fille que j'ai perdue et dont je ne verrai jamais le visage, le sourire, les boucles dorées, comme dans mon rêve...

Journal de Charles

24 décembre, sept heures trente

JE VIENS JUSTE de raccrocher. Brigitte, mon ex, la mère de Lisa, qui ne m'appelle jamais, ne serait-ce que pour me souhaiter un joyeux Noël, m'a téléphoné il y a cinq minutes. En fait, elle m'a réveillé parce que, ayant un peu bu — c'est Noël après tout! —, je m'étais assoupi.

Brigitte était dans tous ses états. Elle attendait Lisa à six heures, pour préparer le repas du réveillon et elle s'inquiétait parce qu'elle n'était toujours pas arrivée et qu'elle n'avait pas appelé pour dire qu'elle serait en retard, ce qui ne lui ressemblait guère. Brigitte m'a demandé si je savais où elle se trouvait, si j'avais eu de ses nouvelles. Je n'en avais pas eu.

« Je n'aime pas ça, a-t-elle dit, je n'aime pas ça, j'ai téléphoné chez elle cinq fois, il n'y a pas de réponse. Je me demande où elle peut être...

— Moi aussi.

— En tout cas, si elle arrive ou si elle te téléphone, téléphone-moi tout de suite.

— Même chose pour toi. »

Quand j'ai raccroché, j'avais un drôle de sentiment. Ce n'était pas du tout le style de Lisa, cette conduite...

25 décembre, matin de Noël

JE NE SAIS PAS comment je trouve la force d'écrire dans ce journal après tout ce qui est arrivé.

Après tout ce qui est arrivé...

Hier, vers huit heures, je n'avais toujours pas de nouvelles de Lisa. Sa mère qui, de toute évidence, était au bord de la crise de nerfs, a appelé au moins dix fois et, chaque fois, je lui ai dit la même chose : que je n'avais pas de nouvelles de Lisa mais que dès que j'en aurais, etc.

Lorsque le téléphone a sonné à nouveau, je me suis dit c'est Brigitte qui vient aux nouvelles une fois de plus. Mais ce n'était pas elle au bout du fil, c'était une voix d'homme. Au début j'ai pensé que c'était cet auteur un peu bizarre qui a réussi je ne sais comment — probablement simplement en consultant l'annuaire ! — à obtenir mon numéro de téléphone et qui, depuis trois ou quatre jours, me téléphone à toute heure du jour et de la nuit pour me demander pourquoi j'ai refusé son manuscrit, pour me menacer, puis pour s'excuser de l'avoir fait, puis pour m'expliquer que c'est un chef-d'œuvre, que je suis en train de faire la même erreur que Gide avec Proust : les joies imprévues du métier, quoi !

C'est Noël, il pourrait me foutre un peu la paix, non ? Cette fois-ci j'appelle la police. Mais je n'ai pas eu à le faire, parce que ce n'était pas lui qui appelait, parce que c'était justement la police.

« Vous êtes bien M. Charles Granger ?

— Oui.

— Vous êtes le père d'une fille qui s'appelle Lisa Granger ?

— Oui...

— Eh bien, il faut que vous veniez tout de suite. Elle a eu un grave accident à l'entrée du pont Jacques-Cartier, elle a été frappée par un chauffard qui a pris la fuite, elle est dans le coma. »

Quand j'ai annoncé la nouvelle à Brigitte, elle a fait une crise d'hystérie. Je suis allé tout de suite la chercher. Avant de quitter son appartement où je n'avais jamais mis les pieds, elle a dit : « Un instant, je vais laisser une note, j'attends quelqu'un. » Elle ne m'a pas donné plus de précisions mais je m'en foutais parce qu'il n'y avait que Lisa qui comptait.

Lisa qui avait été frappée par un chauffard probablement ivre en cette veille de Noël.

Lisa qui était dans le coma.

Lisa qui était peut-être déjà morte.

Pendant tout le trajet, Brigitte a pleuré. Elle s'arrêtait seulement pour me poser des questions sur ce qui était arrivé à Lisa. Mais le policier ne m'avait pour ainsi dire rien dit. Je savais que Lisa avait été heurtée par une voiture et qu'elle était dans le coma.

Comme le gramophone de la douleur avec un grand D, Brigitte répétait : « Je lui avais dit aussi de ne pas aller faire son jogging sur le pont Jacques-Cartier, avec toute cette glace et toute cette neige qui la cache et qu'ils ne nettoient jamais, pourquoi est-ce qu'elle ne m'a pas écoutée. Pourquoi, tu peux me le dire ? »

Nous sommes arrivés à l'hôpital — après un trajet qui nous a paru une éternité parce que, la veille de Noël, il y a cent millions de voitures dans les rues — et nous nous sommes précipités vers la chambre de Lisa. Elle avait des tubes partout et la jambe droite suspendue en traction. Le médecin, qui était à son chevet, nous a expliqué qu'elle avait le tibia fracturé à deux endroits, mais que les fractures étaient nettes et qu'elle pourrait marcher sans problème si...

Si...

Il avait gaffé, il s'est repris, il a dit :

« Quand elle va se réveiller.

— Mais quand va-t-elle se réveiller, quand ? a dit sa mère.

— On ne peut pas savoir avec le coma, on ne peut pas savoir. »

Brigitte m'a regardé, atterrée. Je l'ai attirée vers mon épaule. Elle n'a pas protesté. Sans rien dire on a regardé Lisa, qui était blanche comme un drap.

Elle portait encore son survêtement de jogging, qu'on avait ouvert pour qu'elle respire mieux. Alors j'ai remarqué sur la petite table de chevet un curieux paquet de tissu rose orné d'une broche dorée, une broche en forme de chat, et j'ai demandé au médecin :

« C'est quoi ça ?

— Je ne sais pas, elle avait ça autour du cou quand il nous l'ont amenée. »

J'ai pris le bijou que Brigitte a tout de suite reconnu : « C'est la broche que je lui ai donnée pour sa fête. »

Elle me l'a enlevée comme si c'était important qu'elle la tienne dans ses mains ou comme si elle avait peur que je la lui vole. Je n'ai rien dit et j'ai pris l'espèce de foulard bizarre, qui était rose. Le tissu m'a paru drôle pour un foulard. Je l'ai déplié et je me suis bientôt rendu compte que c'était un pyjama de bébé.

Quand Brigitte l'a vu à son tour, elle a poussé un cri et elle a laissé tomber la broche sur le plancher. Je me suis penché pour la ramasser et je l'ai posée sur la petite table avec le pyjama, que j'ai replié, parce que c'était moins inquiétant. Brigitte s'était remise à pleurer de plus belle, elle avait peur :

« Qu'est-ce que c'est que ce pyjama ? Pourquoi avait-elle un foulard comme ça, il y a peut-être un maniaque qui a essayé de l'égorger ! »

Le médecin a dit qu'il n'y avait aucune trace de stran-gulation, qu'elle a vraiment eu un accident d'auto. Je ne disais rien, mais je pensais : il y a des accidents qui n'en sont pas. Dans un moment de désespoir, les roues d'une auto paraissent parfois la solution idéale.

Non, c'est impossible, ce n'est pas le genre de Lisa, elle n'avait pas d'ennuis, elle était toujours souriante, elle n'a pas pu faire ça. C'est un chien de chauffard qui l'a fauchée, et qui est en liberté maintenant, et qui s'apprête à réveillonner tranquillement !

Brigitte pleurait toujours et j'ai essayé de la consoler, je lui disais seulement calme-toi, calme-toi, l'important c'est qu'elle soit en vie. Mais Brigitte ne se laissait pas rassurer comme ça, elle disait elle est peut-être en vie mais pour combien de temps, et son coma il va finir quand ?

Elle s'est tournée vers le médecin, et lui a demandé quand Lisa reprendrait ses esprits, et lui, il a répété ce qu'il avait déjà dit, qu'on ne savait pas avec le coma, qu'il faudrait faire des tests, se montrer patient. Ensuite il s'est excusé, parce qu'il avait d'autres patients à voir, des dizaines, parce que Noël, ce n'est pas une fête dans une urgence, c'est une des journées les plus occupées de l'année.

Au moment où il sortait, il y a un beau jeune homme blond qui entrait. D'abord j'ai cru que c'était un autre médecin mais il ne portait pas de sarrau mais plutôt un manteau. Il s'est approché timidement, Brigitte s'est tournée vers lui et son visage s'est éclairé un petit peu. Elle le connaissait car elle a dit :

« Ah ! Philippe, qu'est-ce que tu fais ici ?

— J'ai appris la nouvelle à la télé, et je suis venu aussitôt, Lisa et moi nous étions amis et...»

Il s'est approché du lit, a regardé Lisa et a demandé :

« Comment est-elle ? Est-ce qu'elle va... »

Il allait sans doute dire : s'en sortir, mais il n'a pas fini sa phrase. Tout le monde avait compris, de toute manière. Je lui ai répété ce que le médecin avait dit, et il s'est assombri. Il a pris la main de Lisa, comme s'il voulait prier pour qu'elle se réveille, puis ses lèvres se sont plissées et il a dit, les larmes aux yeux :

« Je m'en veux tellement... »

Il n'a pas continué tout de suite, comme s'il hésitait. Puis :

« Je lui ai téléphoné cet après-midi pour lui dire que j'avais rencontré quelqu'un, parce que j'aurais souhaité que nous sortions ensemble mais elle voulait seulement que nous soyons amis et je pense que je lui ai fait de la peine... C'est stupide parce que ce n'était pas vrai, je voulais juste essayer de provoquer les choses... Et maintenant, elle est dans le coma et je ne peux plus lui dire la vérité... »

Nous n'étions pas bien certains de comprendre ce qu'il avait dit, parce que nous étions en état de choc. Les histoires d'amour ou d'amitié des autres, même de ses proches, sont toujours compliquées. Il était sympathique, ce jeune homme blond, et il avait l'air d'éprouver pour Lisa des sentiments fort louables. Et puis nous n'étions pas trop de trois pour nous faire du mauvais sang au sujet de Lisa. Qui sait, nos prières communes allaient peut-être la ramener plus vite...

Environ une demi-heure plus tard, il y a un autre homme qui est arrivé, beaucoup plus âgé que le jeune homme, dans la cinquantaine, en fait, assez élégant, mais un peu bedonnant, et avec un front passablement dégarni. Brigitte me l'a présenté comme son fiancé. Ça m'a fait un petit quelque chose : je n'aurais jamais pensé qu'elle referait sa vie. Et de la savoir en quelque sorte fidèle à notre amour passé me flattait.

Mais ce soir-là, mon chagrin avait bien d'autres chats à fouetter. Il y avait Lisa, qui était là, allongée dans ce lit d'hôpital, dans le coma.

Lisa mon adorée, la joie de ma vie, dont je ne reverrai peut-être jamais plus les beaux yeux, parce qu'elle ne les ouvrira plus.

31 décembre, cinq heures de l'après-midi

JE SUIS SORTI de l'hôpital — où je passe tous mes jours depuis l'accident — vers trois heures de l'après-midi. Lisa est toujours dans le coma. Le médecin dit que son état est stationnaire, qu'elle est hors de danger, qu'il ne semble pas y avoir de lésions cérébrales. Et pourtant, elle ne se réveille pas de son coma.

Je me suis rendu à son appartement, pour payer son loyer de janvier. J'en ai fait le tour. Il y avait une photo de moi sur une commode près de son lit et aussi une photo de sa mère avec moi, notre photo de mariage. Alors je suis devenu tout triste, si du moins je pouvais l'être plus que je ne l'étais déjà.

Puis j'ai pensé vérifier son ordinateur. Si elle n'a rien prévu pour le bogue de l'an 2000 qui arrive dans quelques heures, elle va peut-être tout perdre, et si elle est comme moi — et elle l'est, je le sais, et c'est peut-être pour ça que je l'aime tant ! — elle va être catastrophée parce qu'aujourd'hui l'ordinateur c'est comme un *alter ego*. Si tu le perds, c'est un gros morceau que tu perds.

Je suis allé dans sa petite salle de travail. Sur le clavier de son ordinateur, un portable très sophistiqué, il y avait une lettre. D'abord j'ai pensé que c'était une lettre d'adieux, parce qu'elle aurait voulu se suicider.

Mais c'était une enveloppe d'une agence de voyage. Je l'ai ouverte, et j'y ai trouvé un billet d'avion pour Puerto Vallarta avec une date de départ pour le 25 décembre. C'est un drôle de hasard, c'est en allant à Puerto Vallarta que mes parents sont morts. J'ai remis le billet inutile dans l'enveloppe et, au lieu de vérifier tout de suite si le bogue de l'an 2000 allait bousiller l'ordinateur de ma fille, j'ai décidé de faire ça plus tard, et je l'ai emporté à la maison.

1ᵉʳ janvier 2000, 1 heure trente du matin

Il y a quelques heures, avec une facilité qui me déconcerte et qui me prouve que même à quarante ans j'ai une résistance formidable, je suis passé d'une année, d'un siècle, et même, dans la foulée, d'un millénaire à l'autre sans le moindre effort : nous sommes en effet le 1ᵉʳ janvier de l'an 2000. La fin du monde n'a pas eu lieu, que les millénaristes inquiets se rassurent. Il va falloir attendre le prochain millénaire. Ou relire plus attentivement Nostradamus.

Je ne me sens pas vraiment différent du millénaire précédent. Seulement cent ans plus vieux, et cent fois plus seul, parce que je sais que Lisa ne verra peut-être jamais le nouveau millénaire, et il me semble qu'un destin brillant l'attendait.

Ce millénaire qui débute, j'ai failli ne pas en voir la première seconde. Parce qu'hier soir, vers six heures, j'ai eu un coup de cafard. Ça doit être typique. Un jour, j'ai lu des statistiques au sujet des suicides et il semble que les fêtes comme Noël et le jour de l'An n'ont pas bonne réputation. Si tu n'as aucune raison de te réjouir alors que tout le monde célèbre — ou fait semblant de célébrer —, souvent tu tires ta révérence.

Je pensais à Lisa évidemment, à Lisa qui est dans le coma et, comme ça faisait une semaine, ses chances de revenir en bon état s'amenuisaient. C'est en tout cas ce qu'a fini par admettre son médecin, même s'il ne peut rien affirmer de définitif et qu'il continue de prétendre qu'elle peut revenir exactement comme avant : cette incertitude me tue.

Je pensais aussi à K, enceinte de moi quelque part en Europe, et qui reviendra je ne sais quand et qui ne voudra probablement jamais me revoir à cause de ma conduite.

Oui, vers six heures, j'ai eu un coup de déprime carabiné, c'est le cas de le dire, parce qu'en regardant le fusil de chasse au-dessus de ma cheminée, je me suis dit : à quoi bon tout ça, qu'est-ce qui te retient ici ? Quel avenir te reste-t-il ?

Bien sûr, j'ai une brillante carrière dans l'édition : tous les jours je lis des manuscrits que je refuse pour la plupart et ceux que je publie, ils se vendent en moyenne à huit cent douze exemplaires. Si la maison n'avait pas de subventions et ses guides pratiques que je méprise, je perdrais mon emploi et mon faramineux salaire de trente-trois mille dollars par année.

Alors pourquoi ne pas en finir ?

J'ai prouvé que je n'étais pas un grand chasseur parce que je suis incapable d'abattre un canard à vingt pas, mais si je mets le canon dans ma bouche et que j'appuie calmement sur la gâchette, je ne risque quand même pas de me manquer.

J'ai décroché le fusil — je n'étais même pas vraiment nerveux —, j'ai mis une seule cartouche, même s'il pouvait en contenir deux. De toute manière, après le premier coup, je ne serais plus en état de tirer le deuxième, ne perdons pas de temps.

Je me suis calé dans mon canapé, j'ai appuyé le canon sur ma bouche, le pouce sur la gâchette, j'ai fermé les yeux mais au dernier moment, j'ai pensé qu'il y a quelque chose que je devais absolument faire avant de partir. Oui, parce que ce serait trop bête de partir en laissant dans mon compte en banque les malheureux trois mille deux cent vingt-huit dollars qui me restent.

Ce n'est pas que je sois attaché à l'argent, pour ce que représentent ces quelques milliers de dollars. Mais je me suis imaginé toutes les bouteilles que je pourrais boire avec cette somme ! Par exemple, cette bouteille unique (vraiment unique parce qu'il n'en reste qu'une !) de Château Margaux 1995 que je lorgne depuis des années, et qui semble m'attendre patiemment, qui semble me narguer même sur la tablette de mon marchand de vin.

Combien de fois ai-je voulu la prendre, avant qu'un autre ne le fasse, même si elle n'est pas à lui mais à moi ! Chaque fois j'ai été retenu au dernier moment par les cinq cents dollars qu'il en coûterait pour qu'elle devienne vraiment mienne !

Mais maintenant que je n'ai plus besoin de penser à l'avenir parce que je vais me flamber la cervelle, je peux flamber tout ce qui me reste. Je peux courir acheter cette bouteille magique. Et puis, pour bien faire les choses, parce qu'ensuite j'aurai l'éternité pour me reposer, je vais faire comme aux noces de Cana : au début, je goûterai à tous les grands crus dont j'ai toujours rêvé, je vais même remplir mes cartes de crédit jusqu'à la limite, vendre et boire ma voiture, et à la fin, juste à la fin, j'ouvrirai mon Château Margaux, ce nectar des dieux et j'irai attendre Lisa au ciel.

Tout à coup, ce projet de suicide, qui était tout de même déprimant, me réjouissait. Quelle merveilleuse manière de partir ! J'ai raccroché le fusil, délicatement, parce que je voulais éviter un accident, car maintenant je voulais vivre jusqu'à ce que j'aie bu toutes mes économies. J'ai enfilé un manteau et je suis sorti pour aller chez mon marchand de vin.

Mais je me suis cogné le nez contre la porte. Je me suis rappelé que nous étions le 31 décembre. Une affichette expliquait que c'était fermé jusqu'au 2 janvier. Bof, mon suicide n'est pas urgent, je peux attendre jusque-là. Puis j'ai pensé que c'était amusant que la fermeture d'un marchand de vin puisse décider de ma vie.

Je suis entré dans un bar, je me suis dit : tu peux déjà prendre une petite avance avec tes cartes de crédit en te commandant une bonne bouteille de champagne, d'autant plus que c'est de circonstance, c'est la veille du nouveau millénaire.

À un moment donné, à la deuxième bouteille de Dom Pérignon, vers onze heures, alors que l'atmosphère s'échauffait, je me suis mis comme tout le monde à penser au millénaire.

Et au bogue.

Et je me suis rappelé que je n'avais toujours pas vérifié l'ordinateur de Lisa et qu'elle serait bien contrariée lorsqu'elle s'en rendrait compte, si jamais elle se réveillait.

J'ai réglé l'addition et je suis retourné en vitesse chez moi. J'ai allumé l'ordinateur de Lisa, il ne s'est rien passé. Tout paraissait normal. Ils nous ont tous bien eus, ces enfoirés, avec leur bogue de l'an 2000. Mais il n'était pas encore minuit, ça allait peut-être se déclencher dans une demi-heure. J'ai pensé quand même vérifier dans son répertoire, pour voir si le virus n'avait pas fait de ravages, des fois on aperçoit le nom du document mais il n'y a plus rien dedans car tout a été bouffé.

Je suis entré dans un document au hasard, tout semblait normal, j'en suis ressorti. J'ai examiné à nouveau le répertoire, et alors, j'ai vu une filière dont le nom m'a intrigué : JOURNAL. Je ne sais pas pourquoi — champagne ou prémonition — un frisson a parcouru mon corps. Comme si je savais que j'y trouverais peut-être les réponses que j'avais désespérément cherchées au sujet de Lisa, de son accident, qui n'en était peut-être pas un. Je me suis empressé d'entrer dans le document : c'était son journal intime.

J'ai lu en vitesse — abasourdi, renversé — une dizaine de pages, mais comme c'était pénible, malgré mon impatience, j'ai tout imprimé avant de dévorer la suite.

Ensuite, j'ai pris le fusil de chasse sur la cheminée, il était déjà chargé, mais j'y ai mis une deuxième cartouche au cas où je raterais mon coup. Puis je l'ai mis dans une grande boîte qui avait servi à emballer je ne sais plus trop quoi, il y a je ne sais plus trop combien de Noëls. J'ai pris ce qui restait du papier doré dont je m'étais servi pour le cadeau de Lisa qu'elle n'a jamais reçu, et j'ai tout bien emballé. J'ai même fait une jolie boucle parce qu'il faut toujours soigner les détails.

Maintenant, il ne me reste plus qu'à appeler un taxi pour aller souhaiter bon millénaire à mon patron, dans sa luxueuse résidence d'Outremont.

1ᵉʳ janvier, plus tard

À LA PRISON, dans la petite cellule où je suis enfermé en attendant la suite des événements, ils ont eu la gentillesse de me donner de quoi écrire. Je ne sais pas quelle heure il est exactement parce que ma montre, comme tous mes effets personnels, m'a été confisquée. Si j'en juge par le dernier repas qu'on m'a servi, et qui ressemblait à un petit déjeuner, ce doit être le matin.

Hier, lorsque je suis arrivé chez mon patron, vers deux heures du matin, la fête était déjà bien engagée, il a eu l'air surpris de me voir. Surtout avec mon immense cadeau. Il a dit, d'un air hypocrite, car il était emmerdé de me voir là : « Quelle bonne surprise, Charles ! » Nous ne nous voyons évidemment jamais en dehors du bureau, et ses invités, surtout à cause de sa femme qui est riche, ont plus de classe que moi, et ne conduisent pas des Jetta, mais des Mercedes et des BM.

Lorsqu'il a vu le cadeau, il a dit : « Il ne fallait pas, il ne fallait pas, c'est trop. » Quand je me suis mis à le déballer, il a eu l'air de ne pas comprendre, comme si j'en faisais vraiment trop. Lorsqu'il a compris, il était trop tard, j'avais tiré le fusil de la boîte et j'ouvrais le feu.

J'ai tiré un seul coup, même si je pouvais en tirer deux. Après, l'arme est tombée : je ne dois pas être un véritable assassin. J'espère que c'est ce que le juge pensera.

À la chasse aux canards, je n'avais pas gagné de trophée : dans le salon de mon patron non plus. Lorsque j'ai pointé l'arme vers lui, j'ai eu une petite hésitation comme à la chasse au canards — sauf que c'était le contraire, je tirais trop vite —, mon patron a eu le temps de se tourner et de plonger vers un canapé. Le coup que je destinais à son visage, il l'a reçu dans le dos. Il a poussé un cri de douleur, et moi, j'ai lâché mon arme. Sa femme est arrivée — suivie immédiatement par quelques invités atterrés — et elle ne m'a pas posé de questions. Elle savait tout de la liaison de son mari avec Lisa.

Elle l'a vu d'ailleurs allongé sur le plancher qui était couvert d'une moquette dans laquelle il aurait pu disparaître tant elle était épaisse, une moquette crème — c'est la couleur préférée de ceux qui ont des sous et pas d'enfants ! — qui a bientôt commencé à être un peu moins crème parce qu'une mare de sang qui se formait près de mon patron.

5 janvier

À MA SUGGESTION, Mᵉ Cromp, mon avocat, a lu mon journal — j'avais obtenu des gardes qu'il lui remettent la clé de mon appartement — et aussi celui de Lisa. À son avis, j'ai des circonstance atténuantes, parce que j'étais en état d'ébriété avancé étant donné les deux bouteilles de champagne, et que j'avais agi sous l'emprise (ou l'empire, je ne sais plus) de la colère. Pour venger ma fille, Lisa, à qui ce salaud a fait tant de mal, Lisa qu'il a détruite, qu'il a mise enceinte et abandonnée.

Oui, il m'a expliqué que j'avais des circonstances atténuantes et que, en plus, j'avais de la chance parce que mon patron était hors de danger : je l'ai en fait atteint aux fesses, et non dans le dos, et oui, détail amusant, on a aussi dû lui retirer du plomb dans les couilles, qui sont très enflées.

Je sais que ce n'est pas bien de se réjouir du malheur des autres, même si c'est votre patron, mais lorsque j'ai appris ce détail, ç'a été plus fort que moi, je me suis mis à rire. Et comme c'était la première fois que je riais depuis des jours, ça m'a fait un bien immense. Mon avocat m'a ensuite expliqué que, si j'avais de la chance, je serais probablement condamné à sept années de prison pour tentative de meurtre, et que si j'avais une bonne conduite, je ne purgerais que la moitié de ma peine.

7 janvier

À MA DEMANDE, mon avocat m'a apporté une copie du journal de Lisa. Depuis les deux derniers jours, c'est ma seule lecture. J'ai dû le relire en entier sept ou huit fois. Je l'ai annoté aussi. Je voulais savoir.

À un moment, je me suis mis à pleurer, parce que j'ai compris que tout le mal que son patron lui avait fait, je l'avais aussi fait à K.

La vie m'avait puni à travers Lisa.

Parce qu'elle ne pouvait pas me punir autrement.

Et elle trouve toujours une façon de te faire comprendre tes erreurs et de t'enseigner la leçon que tu dois apprendre.

Je me suis alors rappelé cette vieille légende d'un homme riche dont les enfants, et même les petits-enfants ne pouvaient jamais trouver le bonheur parce qu'il avait amassé sa fortune en rendant beaucoup d'hommes malheureux : la vie le punissait à travers ses enfants, comme elle me punissait à travers Lisa.

J'ai pensé que le loup noir qui la hantait dans ses rêves, c'était moi, c'était ma faute, c'était mon crime. Alors je me suis dit que j'étais l'assassin de ma fille, et je me suis mis à pleurer, et à répéter oh! Lisa, Lisa, pardonne-moi, pardonne-moi!

Aujourd'hui, mon avocat m'a apporté le petit pyjama rose jugé bizarre mais inoffensif par les gardiens de la prison et, lorsque je vais me coucher ce soir, je vais l'enrouler autour de mon cou, comme Lisa, et je vais prier le ciel de ne jamais me réveiller.

8 janvier

JE NE SUIS PAS MORT pendant la nuit — *you can't always get what you want* — mais j'ai eu une petite consolation parce que, si c'était arrivé, je n'aurais pas pu apprendre dans le journal du matin que la femme de mon patron demandait le divorce et — une bonne nouvelle ne venant jamais seule! — qu'elle avait vendu toutes ses actions à un des pires rivaux de son mari. Si j'avais été libre, j'aurais ouvert une bonne bouteille, mais à la place j'ai bu ce qu'ils appellent ici un café.

8 février

HIER, j'ai reçu une visite surprise.

K.

« Tu es revenue de voyage !

— Oui, m'a-t-elle répondu

— J'ai appris pour ta grossesse.

— Qu'est-ce que tu en penses ?

— Si ça ne te dérange pas que ton enfant ait un prisonnier comme père pendant sept ans ou quatre si j'ai une bonne conduite, moi j'aimerais que tu le gardes, mais évidemment, je ne peux pas te forcer. »

Elle s'est mise à pleurer.

Je la trouvais belle, tout à coup, très belle même, ses cheveux étaient plus blonds, comme si elle revenait de vacances au soleil — et en effet elle était bronzée — et elle était moins maigre, plus enveloppée, sans doute en raison de son début de grossesse.

12 février

LA PRISON, ce n'est pas jojo, et comme j'ai à peine fait un mois et demi, je me demande ce que ça sera dans un an, dans deux ans...

Pourtant, il n'y a pas que des inconvénients. Je dois être franc. Libre, j'étais forcé de lire des œuvres souvent mortellement ennuyeuses : c'étaient mes petites morts quotidiennes, qui n'avaient rien d'érotique. En prison, je suis libre de lire ce que je veux !

Je lis pour m'évader, c'est le cas de le dire. Et j'y réussis assez bien, au point que je suis plus libre que ceux qui sont dehors et qui ne connaissent pas la magie des livres. Car lorsque je lis, lorsque je suis plongé dans un roman passionnant, je suis ailleurs, et si je suis ailleurs, je ne suis pas en prison.

Donc je suis plus libre qu'avant, et plus libre que ceux qui se croient libres et qui, pourtant, sont dans les fers, comme l'explique Rousseau au début du *Contrat social*.

Je sais que ce n'est qu'un raisonnement, puisque ma cellule ne fait que trois mètres sur deux. On trouve des consolations où l'on peut !

Il y a une bibliothèque, mais après avoir vu ce qu'il y a sur les rayons, je ne sais pas si je peux continuer à appeler ça une bibliothèque. Mais le bibliothécaire est sympathique. À sa façon.

Un jour que je déplorais à demi-mot la sélection de ses livres, il m'a expliqué qu'il pouvait faire des commandes spéciales. Il s'est même vanté :

« Vous pouvez me demander n'importe quoi, je vais vous l'avoir, c'est garanti. Mais pensez-y bien parce que chaque prisonnier a droit à une seule commande spéciale par année.

— J'aimerais commander *La comédie humaine* de Balzac, ai-je dit sans préciser que ça comprenait cent romans.

— Pas de problèmes, c'est comme si c'était fait, vous allez l'avoir la semaine prochaine, du moins si le livre est disponible au Canada. »

J'ai dit je pense qu'il ne devrait pas y avoir de problèmes, j'ai failli ajouter : « sauf pour le transport », mais je n'ai pas voulu tout gâcher.

Il a noté le titre dans son carnet de commandes spéciales et il a dit :

« *La comédie humaine*, c'est un bon titre. Est-ce que vous pensez que je pourrais l'utiliser pour le roman que je suis en train d'écrire ? »

Dans ma tête, je me suis félicité de ne pas lui avoir dit ce que je faisais dans la vie, car il m'aurait demandé de l'éditer ou en tout cas de l'aider à trouver un éditeur.

« Pour le titre, ai-je dit, c'est peut-être mieux d'en prendre un autre. »

Il a regardé sur le papier où il avait aussi noté le nom de l'auteur, il a dit :

« Balzac. Est-ce que vous pensez que l'auteur pourrait me poursuivre ?

— Non, mais je pense quand même que vous seriez mieux de trouver autre chose.

— Vous avez l'air de vous y connaître en livres. »

J'ai failli me vanter d'avoir travaillé dans l'édition pendant vingt-cinq ans, mais quand il a continué et m'a demandé qu'est-ce que je faisais dans la vie, j'ai dit au hasard : « plombier. »

Il a fait un grand sourire et a dit :

« Ça tombe bien, il y a une cuvette qui est bouchée et nous ne réussissons pas à trouver un plombier. »

Et c'est ainsi que j'ai débouché le premier bol de toilettes de ma vie.

11 mars

Hier, une bonne nouvelle.
Une nouvelle merveilleuse.
Magique.

Inattendue.

Brigitte m'a téléphoné de l'hôpital pour me dire que Lisa avait repris conscience et que, selon toute apparence, elle va s'en sortir. Elle a reconnu sa mère, lui a souri, même si elle a été incapable de dire son propre nom. Mais c'était peut-être simplement la fatigue ou la longue nuit de coma dont on ne ressort pas parfait d'un seul coup. Moi aussi, lorsque j'ai trop bu, je suis incapable de dire mon nom, alors...

Du coup, ma vie, même en prison, s'est métamorphosée. Que m'importe d'être prisonnier puisque Lisa est revenue à la vie !

13 mars

K.

Qui est maintenant la femme de ma vie.

Et qui vient me voir tous les jours.

Religieusement.

Son dévouement — est-ce le bon terme ? — m'arrache des larmes. Elle est, avec mon avocat — lui me facture à l'heure, alors j'ai tendance à limiter la longueur de nos conversations ! —, mon seul lien avec le monde extérieur.

Hier, elle m'a fait une surprise. Elle est arrivée à la prison avec un sac brun. Un sac brun dans lequel il y avait un thermos et deux gobelets de plastique. Elle s'est assise à la petite table où l'on se rencontre, seuls mais dans une salle surveillée par une caméra et je ne sais plus trop quoi.

Sans rien dire, elle a posé un gobelet devant moi et un devant elle, elle a ouvert le thermos, m'a versé un verre.

« Tu m'as apporté du café, c'est gentil.

— Goûte, tu m'en donneras des nouvelles. »

Avant de goûter, j'ai regardé dans le gobelet et j'ai bien vu que ce n'était pas du café mais du vin. Alors j'ai été ému parce que ce qui est le plus difficile en prison, ce qui est comparable au supplice de la goutte, c'est qu'ils ne te servent jamais une goutte de vin, c'est contre les règlements, et à la fin tu en rêves, tu serais prêt à tuer, tu te dis même du Baby Duck serait un régal.

Oui, en voyant la robe de ce vin, j'ai été troublé et même si je soupçonnais que ce ne serait sûrement pas un grand vin, parce que K n'aurait pas commis le crime de le mettre dans un thermos, je l'ai humé et j'ai éprouvé une émotion encore plus grande.

J'ai regardé K, étonné.

« Qu'est-ce que c'est que ce vin ? Je sais que la privation nous fait perdre notre jugement, que je suis prêt à trouver divin de la piquette, mais c'est un grand cru, n'est-ce pas ?

— Tu ne devineras pas parce que tu n'en as probablement jamais bu.

— Tu paries ? »

J'ai goûté et j'ai été ébloui, et j'ai su qu'elle ne m'avait pas menti.

C'était une sensation extraordinaire, nouvelle, quasi indescriptible : on aurait dit un élixir des dieux ! J'ai regardé K qui souriait.

« Je donne ma langue au chat, c'est le meilleur vin que j'ai bu de toute ma vie, je n'ai même jamais rien bu qui s'en approche. »

K a dit :

« C'est un Château Margaux 1995. »

Je me suis presque étouffé, ce qui aurait été terrible, car j'aurais perdu quelques gouttes du précieux nectar. Je me suis alors rappelé que je lui avais souvent rebattu les oreilles avec cette bouteille de rêve.

« Mais tu es folle, ça coûte les yeux de la tête, cette bouteille. Plus de cinq cent dollars. »

Elle a souri, elle s'amusait et ça la rendait belle : elle avait l'air heureuse tout à coup.

« Je ne suis pas folle, si tu penses que je l'ai payée. »

Je n'ai pas compris. Elle a dégusté un instant le froncement de mes sourcils, puis elle a dit :

« J'avais acheté une caisse de Brouilly et les deux premières bouteilles étaient bouchonnées. J'ai demandé de me faire rembourser mais ils m'ont dit on n'est pas responsable, si vous ne l'avez pas conservé dans de bonnes conditions. Je n'ai rien dit. J'avais juste le goût de les tuer, mais à la place je me suis payée moi-même, avec un profit même, parce que le Château Margaux, je l'ai piqué. »

J'ai éclaté de rire, je la trouvais tout à coup extraordinaire, comme lorsque je l'avais rencontrée et que je vivais encore avec elle dans les enivrants premiers degrés du désir. Et ça été plus fort que moi, après le jaillissement de mon éclat de rire, je lui ai dit : « Je t'aime. » Mais ce n'était pas un je t'aime comme au cinéma, juste avant qu'ils s'embrassent, non, c'était un je t'aime de joie, un je t'aime d'admiration. Elle a souri.

J'ai bu une deuxième et une troisième gorgée, sans rien dire, parce que devant la grandeur il faut se taire, sinon c'est sacrilège. Puis on n'avait pas toute la journée, et laisser repartir K avec une bouteille ou plutôt un thermos de Château Margaux pas complètement vide, ça m'aurait tué, je crois.

K ne pouvait pas boire autant que moi parce qu'elle était enceinte, alors je devais prendre les gorgées doubles mais je ne m'en plaignais pas.

Au quatrième verre — ou plutôt gobelet — j'ai dit :

« Mais comment as-tu fait pour passer ce vin au poste de garde ? Ils fouillent tout, même les oranges, au cas où ton visiteur y aurait mis une bombe atomique ou un parachute pour s'évader par une fenêtre. »

Elle a dit :

« À force de venir te visiter, je me suis faite amie avec le garde et quand j'ai su qu'il était amateur de vin, j'ai fait un marché avec lui. S'il me laissait passer avec mon thermos, je lui faisait goûter le meilleur vin de sa vie. Il a bien hésité un instant, mais il était intrigué par ma proposition. D'un petit air de défi, il a dit : "Testez-moi si vous voulez, j'ai suivi le cours à la régie." Je lui ai versé discrètement un verre de Château Margaux, il a bu une gorgée, il a eu un sourire triomphal, comme si c'était un jeu d'enfant et, tout de suite, il a dit Châteauneuf du Pape. J'ai pris un air étonné, j'ai dit comment avez-vous fait pour deviner ? Il a haussé les épaules, modeste, a dit : "Je dois avoir ça dans le sang", et il m'a laissé passer. »

J'ai éclaté de rire à nouveau, c'était la troisième ou la quatrième fois seulement que je riais depuis que j'étais en prison : il n'y a pas de petits bénéfices. J'ai dit à K :

« Je ne savais pas que tu pouvais être si drôle. »

Elle a souri à nouveau.

Lorsque nous étions ensemble, il me semblait que c'était la personne au monde qui avait le sens de l'humour le plus infinitésimal : peut-être que je ne la rendais pas heureuse. J'ai eu envie de lui dire encore que je l'aimais parce que je lui devais deux de mes rares éclats de rire des dernières semaines, mais je me suis dit que ce ne serait pas un bon service à lui rendre parce que j'en ai pour sept ans, quatre ans si j'ai de la chance et une bonne conduite. Alors elle sera en prison autant que moi, ce ne serait pas honnête.

Alors K a eu un geste qui m'a surpris, et qui pourtant était naturel, elle a posé sa main sur ma main, juste amicalement — ou peut-être pas — et, là, j'ai éprouvé des frissons dans tout le corps, et j'ai eu une vision soudaine. Je me suis vu avec elle au Mexique, au cours d'un de nos premiers voyages, où nous ne risquions pas d'attraper de coup de soleil malgré la chaleur parce que nous passions le plus clair de notre temps entre deux draps blancs et roses comme notre amour.

Je me suis dit qu'est-ce qui se passe ? D'où te vient ce trouble, est-ce le vin ? Est-ce parce que c'est la seule femme que tu vois et qui te touche depuis trois mois ? Est-ce parce qu'elle n'a pas de rivale que K, tout à coup, te paraît si désirable ?

Elle m'a regardé dans les yeux, et j'y ai vu peut-être un avenir. J'ai encore pensé que c'était le Château Margaux, à ce prix-là ça te fait des effets que tu ne connais pas.

À moins que ce que j'ai toujours pensé de l'amour soit faux, qu'il puisse renaître de ses cendres, comme l'aube après la nuit, même la plus longue : il existe peut-être un sixième degré du désir.

Épilogue

JE M'APPELLE Daniel Cromp. Je suis avocat de profession, spécialiste en droit criminel. On m'a récemment confié le cas d'un de mes anciens camarades de collège que j'avais perdu de vue depuis des années, Charles Granger. Il est accusé de tentative de meurtre sur la personne de son patron. Dans la préparation de son dossier, j'ai été amené à lire son journal intime de même que celui de sa fille, Lisa.

C'est moi qui ai mis en ordre — dans un certain ordre, en tout cas, celui qui me paraissait le plus utile à l'intelligence de ces deux destins — les journaux intimes de Charles et de sa fille. Pour conserver à ces documents toute leur authenticité, j'ai choisi de n'y rien changer, même si certains passages m'ont paru entachés de répétitions, d'imprécisions, de contradictions même, probablement inévitables dans ce genre littéraire où la négligence, sans être la règle, est largement tolérée. Je me suis efforcé — imparfaitement, je crois — d'établir un certain équilibre entre les deux journaux de taille différente. Je me suis acquitté de cette tâche pour répondre au souhait de mon client qui désirait les voir publier. Je me permets d'ajouter que j'ai retiré un bénéfice personnel de cette tâche parfois troublante.

Je suis marié depuis sept ans, et père de deux enfants. Selon la curieuse expression de mon client, je vis avec ma femme le quatrième degré du désir. Et, depuis un an, j'éprouve pour ma secrétaire le premier degré.

Mais après avoir été porté ce manuscrit à un éditeur que mon client m'avait recommandé, j'ai expliqué à ma secrétaire que notre cabinet devait se défaire de ses services, qu'elle recevrait par ailleurs une compensation de six mois de salaire et une lettre de recommandation des plus élogieuses. C'est avec regret que je l'ai vue partir, d'ailleurs surprise de cette annonce. C'est mieux ainsi, je pense. J'ai acheté à ma femme des roses — pour la première fois en trois ans — et je vais voir si je peux arranger les choses.

CET OUVRAGE
COMPOSÉ EN GALLIARD CORPS DOUZE SUR QUATORZE
A ÉTÉ ACHEVÉ D'IMPRIMER
LE DEUX MARS DE L'AN DEUX MILLE
PAR LES TRAVAILLEURS ET TRAVAILLEUSES DES PRESSES DE
L'ÉCLAIREUR
À BEAUCEVILLE
POUR LE COMPTE
DE LANCTÔT ÉDITEUR.

IMPRIMÉ AU QUÉBEC (CANADA)